KB219277

기억을 새겨 드립니다

이은정 장편소설

어느 타투이스트의 이야기

/ 차례 /

프롤로그

＊

에어컨 실외기가 쉴 새 없이 더운 바람을 퍼내고 있었다. 수능 백 일 전. 입시 준비에 총력을 기울이던 8월 10일. 학교에 경찰이 찾아왔다. 영화가 불려갔다. 미술 선생님도 불려갔다. 후배들이 있는 아래층에서는 크고 작은 소란이 일었지만, 수능을 앞둔 우리 층은 조용했다. 우리에게 입시 말고 다른 이슈는 관심 밖이었다.

나도 항간에 떠도는 소문을 듣기는 했었다. 미술 선생님과 영화가 그렇고 그런 사이라는 말도 안 되는 찌라시. 영화에게 물어볼 필요조차 느끼지 못했던 쌍년들의 계략. 학교에서 떠도는 거의 모든 소문의 주인공은 영화였다. 풍문이었음이 밝혀진 후에도 영화는 주인공 자리에서 내려오지 못했다. 억울할 만도 한데 정작 주인공은 무심한 듯 보였고 해명할 마음조차 없는 것 같았다. 또래의 강직함은 오히려 꼴불견이었다. 덕분에 배영화라는 이름은 삼 년 내내 풍문을 헤매었다.

영화는 미술 계열로 진로를 정해서 그림만 그렸고 나는 아무것도 결정하지 못해서 교과서를 통째 외우는 동안 우리는 서로의 안부와 흉터를 잊고 지냈다. 그녀와 나를 절친으로 만들어 주었던 커터칼은 줄곧 필통에 있었지만 발각되지 않았다. 학교에서는 물론이고 놀이터에서도 마찬가지였다. 커터칼이 시시해지고 용도가 변경되면서부터 놀이터는 은밀한 장소에서 밀려났다. 한때 절친이었던 우리의 관계도 올이 나간 스웨터처럼 볼품없이 늘어진 상태였다.

많은 학생이 하교하고 원하는 애들만 남아 자율학습을 하던 중이었다. 나는 종일 교과서와 모의고사 문제의 답을 외우느라 해가 언제 졌는지도 몰랐다. 경부와 척추의 통증으로 집중력이 무너지고 있을 무렵 옆 반 소라가 찾아왔다. 소라는 대뜸 새까만 화구 가방을 내 앞에 내밀었다.

"뭐야?"

"영화 가방."

"이걸 왜?"

"영화가 너한테 주래."

"그러니까 왜?"

"아, 몰라! 별 걸 다 시켜. 짜증 나게."

박격포처럼 생긴 그것은 내 책상에 45도로 기대어 섰다. 뭐가 들었을까. 가방을 열어보려던 찰나였다. 비명과 함께 창가로 달려드는 애들 때문에 교실은 한순간에 아수라장이 되었다. 누군가의 몸에 부닥친 박격포가 바닥에 쓰러졌다. 쿵.

창문에 붙어 있던 소라가 달려와 나를 의자에서 끌어냈다. 소라의 손에 이끌려 나도 창문 앞에 섰다. 다른 교실의 창문에서도, 교무실의 창문에서도, 목을 내뺀 사람들의 뒤통수가 보였다. 수많은 뒤통수가 주시하는 방향은 건너편 건물이었다. 건너편 건물 옥상에 사람이 있었다. 늦은 밤, 학교 옥상, 홀로 선 사람. 누가 봐도 위태로운 조합이었다. 두 건물이 연결되는 3층과 5층 복도로 선생들이 빠르게 달려가고 있었다. 그때까지도 우리는 옥상 난간에 걸쳐 있는 물체가 학생인 줄 몰랐다. 밖은 어두웠고 건너편 건물은 너무 멀어서 제대로 보이지 않았다. 그저 명암만으로 구분되는 어떤 물체. 나부끼는 머리카락이 시야에 들어오고 나서야 비로소 여고생이라는 걸 알아챘다.

아무리 빨리 뛰어도 낙하하는 몸보다 빠를 수는 없었다. 달려가던 선생들이 도착하기도 전에 옥상에 있던 사람은 추락했다. 추락이 분명했지만 어떤 소리도 나지 않았다. 짧은 획을 긋고 사라지는 별똥별처럼 어둠 속으로 빨려 들어간 사람. 수십 개의 창문에서 울려 퍼지는 비명이 운동장을 에워쌌다. 소라가 내 귀에 대고 소리 질렀다. 저건 영화야! 영화가 분명해! 조금 전, 화구 가방을 자신에게 건넨 영화가 건너편 건물로 가는 걸 봤다고 했다. 소라는 왜 영화를 내버려 뒀을까. 고3이 저 건물에 가야 할 이유는 전혀 없는데 소라는 어째서 아무것도 의심하지 않았을까.

전원 하교 명령이 내려졌다. 영화가 투신한 후 가장 먼저 나온 조치였다. 친구가 자살하는 장면을 목격한 우리는 찍소리도 못한 채 교실에서 쫓겨나야 했다. 최소한의 설명도 없었다. 놀란 가슴을 진정시킬 시간도 주어지지 않았다. 담임은 우왕좌왕하는 반 아이들을 쫓아내면서 입단속만 시켰다. 동시에 수능을 들먹였다. 우리가 받은 충격과 공포에 관한 언급은 일절 없었다. 나는 가방을 메고 박격포를 손에 들었다. 천천히 교실을 빠져나와 기다란 복도를 걸었다. 난간을 붙잡고 계단을 내려갔다. 교정을 마주한 순간 다리에 힘이 풀렸다. 여러 대의 경찰차가 보였다. 그 뒤에 구급차도 있었다. 어떤 차도 사이렌을 울리지는 않았다. 영화는 조용히 사라졌다.

영화의 화구 가방을 들고 놀이터로 향했다. 열네 살 이후 처음이었다. 모든 게 작아져 있었다. 커터칼을 꺼내곤 했던 미끄럼틀은 장난감처럼 보였다. 올라갔다간 모래 바닥 아래로 꺼져버릴 것 같았다. 사실은 그것들이 작아진 게 아니라 내가 자랐다는 사실을 알고 있었다. 몸만 자라고 마음은 그지 못해서 영회의 회구 가방을 열어볼 용기가 나지 않았다. 나는 용기가 필요 없는 선택을 하기로 했다. 필통에서 커터칼을 꺼냈다. 사 년 만인가, 오 년 만인가. 커터칼은 무언가를 한 번도 베어본 적 없는 것 같이 매끈하고 길었다. 그걸 보니 팔다리에 소름이 엉겨 붙었다. 그때 깨달았다. 아는 길을 다시 가는 데에는 더 큰 용기가 필요하다는 걸. 나는 열네 살의 나처럼 나를 베지 못했다.

"타투에는 그날의 기억까지 함께 새겨진다.
타투는 피부에 남아 눈에 보이는 기억이다."

_타투이스트 해빗

1부

다시 돌아온 아홉수

간호사가 된 후에도 늘 시계를 차고 다녔다. 거의 집착에 가까웠다. 시계를 차지 않으면 허전함을 넘어 불안해졌다. 손목에는 흉터뿐만 아니라 시계 모양의 하얀 띠가 생겼다. 흉터를 가리기 위해 시계를 찼지만, 시계를 찰수록 흉터는 더 도드라졌다. 누구에게나 사연이 있는 것처럼 어떤 몸에나 아이러니가 있다. 내겐 손목이 그렇다. 시련을 극복하기 위해 계획한 일들은 다른 시련을 불러온다. 상처를 잊기 위해 한 행동들은 집착과 강박을 몰고 온다. 앞선 시련에서 이만큼 멀어졌다 싶으면 어느새 다른 시련이 뒷골에서 기다리고 있다. 시련에서 시련으로 이어진 원. 상처에서 상처로 굴러가는 동그라미. 그 안에서 뱅뱅 돌다가

머리가 돌아서 죽어버리는 게 인생인지도 모른다. 애면글
면 살아갈 필요가 없는 일이었다.

처음 사귄 남자는 같은 병원 마취과 의사 닥터 윤이었
다. 그는 병원에서 유일무이 내게 친절을 베푸는 사람이었
다. 연고 없는 지역에서 일하는 사람에게 동료의 친절함은
큰 힘이었다. 당시 나는 태움에 시달리고 있었다. 내 프리
셉터였던 선생님이 끼어들었다가 본전도 못 찾았다. 이후
의 괴롭힘은 근무표에도 영향을 주었다. 성인이 되었다고
해서 부당함에 맞설 용기가 생기는 건 아니었다. 인생에서
좋다고 생각되는 것들은 무료로 오는 법이 없었다. 용기가
없으면 방법은 늘 하나밖에 없다. 도망치는 것. 내가 가장
잘하는 것이기도 했다. 가방에 사직서를 넣고 다녔다. 사
물함에도 여분의 사직서가 하나 있었다. 내가 적극적으로
퇴사를 고려할 때 그 사람은 적극적으로 내게 다가왔다.
알고 보니 그는 의대 학장의 조카였다. 닥터 윤과 사귀기
시작하면서 자연스럽게 태움이 사라졌다.

육 개월 사귀는 동안 우리의 데이트는 가까스로 이루어
지곤 했다. 근무 일정을 짤 때마다 함께 머리를 굴린 결과

였다. 주로 내 근무 일정이 먼저 나오면 닥터 윤이 자신의 스케줄을 맞추는 식이었다. 내 처지를 십분 이해하고 배려해 준 닥터 윤. 그는 한 번도 싫은 소리를 하지 않았다.

3교대 근무에 지친 나는 간혹 시계를 깜빡할 때가 있었다. 밤낮이 바뀌는 시점에는 더 정신없었다. 시계 없이 출근한 날이면 역력하게 불안했다. 그날도 시계를 차지 않았다. 데이 근무를 마치고 빈 손목으로 그를 만났던 날이었다. 지금까지 내 손목에 아무도 신경 쓰지 않았고 그 누구에게도 발각되지 않았기 때문에 나는 자연스럽게 데이트에 임했다.

우리는 자주 가던 파스타 집에서 마주 앉았다. 해가 저물고 있었다. 그는 건너편 고급 모텔의 802호 스마트 키를 슬쩍 보여주었다. 합의한 건 아니었다. 윤이 붉은 와인을 시켰다. 802호로 가기 위해 술을 먹여야겠지. 파스타와 피자가 오기 전에 와인이 먼저 왔다. 이제 막 건배를 하고 와인 한 모금을 마시려던 참이었다. 눈썰미가 좋았던 그는 내 왼쪽 손목을 붙잡고 들어 올렸다.

"이게 무슨 짓이야!"

평소와는 너무나 다른 거친 음성에 나는 당황하고 말았

다. 서둘러 손을 뺐냈다. 너무 오래 묵은 기억들이 솟아올라서 부끄러웠고 슬펐다. 시계를 깜빡하고 나온 걸 자책하며 손목을 매만졌다. 오래전 일이라고, 그 시절에 잠깐, 아주 잠깐 나는 그런 아이였다고 말하면서 내 영혼은 고개를 숙였다. 그러다가 이게 저렇게 화낼 일인가 싶었다. 원래 저런 사람인가. 그 말은 내가 아닌 윤이 먼저 했다.

"너 이런 애였어?"

눈치 없이 피자가 나왔다. 토핑된 페퍼로니가 유난히 붉었다. 마지막 데이트가 될 것임을 직감한 나는 내친김에 영화 얘기까지 말해버렸다. 죽은 영화와 내가 얼마나 친밀한 관계였는지, 그런 사이가 되기까지 우리가 얼마나 자주 칼을 들었는지. 내게 피를 보아야 살 팔자라고 말했던 박수 무당의 의견도 토핑처럼 얹어서 들려주었다. 얼음이 되어 나를 쳐다보는 윤의 시선이 꽤 신선했다. 빽도 없고 실력도 없고 태움이나 당하던 나를 별안간 두려워하는 눈빛. 나는 와인잔을 비운 후, 핸드백을 올려놓은 내 옆자리를 툭툭 치며 이렇게 말했다.

"지금도 이 자리에 그 애가 앉아 있을 거야. 여기."

"이런 미친!"

그는 즉시 일어나 나를 떠났다. 계산서와 802호 키는 남겨 두고 자신의 십자가만 챙겨서.

나는 그가 남긴 것들을 바라보며 와인잔을 채웠다. 파스타가 나왔다. 크림 파스타 위에 목이 잘린 새우들이 토핑되어 있었다. 머리 없는 새우를 씹으며 소도시에 밤이 내리는 모습을 지켜보았다. 서울만큼은 아니지만 역시 도시의 밤은 겸손할 줄 모르는 것 같다.

*

십오 년 전에도 서울은 화려했다. 밤을 누르는 빛이 흐드러지면 온통 눈부셨다. 달과 별, 가로등과 네온사인, 하다못해 고양이 눈빛까지 어둠을 밀어내는 도시. 밤이 아무리 깊어도 빛나는 것들은 나를 향하지 않았다. 내겐 어둠과 분노밖에 없었다. 처음 느끼는 감정들이 조금씩 늘어갔다. 특히, 외로움은 부끄럽고 낯선 감정이었다. 낯선 것들은 모두 적이라 치부했고 적들은 내 안의 분노를 건드렸다. 밤과 적, 그리고 분노. 무언가를 해하기 좋은 조건을 모두 갖추고 있었다.

영화에게 전화해서 이제 곧 죽을지도 모른다고 말했다. 영화는 이왕이면 죽지 말라고 했던 것 같다. 영화답게 사늘하고 건조한 음성이었다. '이왕이면' 이었는지, '될 수 있으면' 이었는지 확실하지 않지만 어쨌든 강력하게 말리지는 않았다. 인간의 죽음을 이미 경험한 친구였다. 영화는 아버지가 죽어서 슬펐고 나는 아버지가 살아있어서 슬펐다. 같은 대상을 향한 완전히 다른 슬픔이었지만 우리는 서로를 이해했다.

　우리 아빠는 커다란 레미콘 트럭을 운전했다. 한 달에 보름 이상은 타지에서 일했기 때문에 여관을 전전했다. 좁아터진 여관방에서 엄마보다 젊은 아줌마와 함께 지내다가 들통난 게 한두 번이 아니었다. 그러니까 내게는 바람둥이 아빠와 박복한 엄마가 있었고 하나밖에 없는 자매가 있었다. 더불어 무식하고 천박한 이모까지 우리 집에 기생했다. 억울할 것도 이상할 것도 없었다. 다른 집에도 흔한 구성원이었다. 우리는 각자 주어진 생을 살아내느라 서로에게 신경 쓸 여유가 부족했다. 저마다 인내하고 감당해야 하는 삶의 무게가 있었을 테니까.

　나는 살기 위해 자해를 하기 시작했다. 언젠가부터 무엇이든 칼로 긋고 싶었다. 때로는 가위로 자르고 싶기도 했다. 울분이 어디를 향하고 있는 건지 모르겠는데, 누굴 미워하고 왜 매일 화가 나는지 모르겠는데, 그래서, 알 수 없어서, 희생양은 늘 내가 되었다. 열네 살에도 감당해야 할 것들은 많았다. 인생 첫 번째 위기였다. 매번 주체할 수 없는 감정들과 싸워야 했다. 어떻게 싸워야 하는지도 몰랐고 이기는 방법도 몰랐다. 그렇다고 진짜 죽고 싶었던 것은 아니었다. 자해는 성난 종기를 터트리듯 나를 달래는 방식일 뿐이었다. 죽지 않으려고 그랬다. 살기 위해서 그랬다.

초등학교를 졸업했을 때만 해도 나의 불행은 명백하지 않았다. 열네 살이 되고 어느 순간부터 불행한 이유가 생겨났다. 그것은 외부 자극이 없어도 내 안에서 촉발되곤 했다. 사소한 실수를 하거나 후회할만한 선택을 했을 때 나 자신에게 과하게 화가 났다. 성숙하는 과정이라고 생각했다. 나는 어른이 되고 싶었다. 어른은 스스로 벌주는 사람이라고 생각했다. 그런 생각을 할수록 나의 실수에 화가 났다. 화를 가라앉혀야 했다. 더 나은 방법은 없었고 의외로 자해하는 아이들이 많다는 사실을 알게 되었을 때, 마치 거쳐야 할 관문을 자연스럽게 거치고 있는 것 같았다.

영화에게 어쭙잖은 고백을 한 나는 옆 동네로 향했다. 5 층짜리 주공 아파트에 사는 사람들은 밤에 몰려다니며 놀이터에 나타나는 옆 동네 아이들을 싫어했지만 우리 동네에는 놀이터가 없었다. 우리 집 양옆으로 좁은 골목 끝까지 이어진 연립 주택들은 거의 다 1960년대 지어진 빨간 벽돌 건물이었다. 언제 무너져도 이상하지 않은 집들. 동그랗게 뚫린 시멘트 블록이 그대로 드러난 담벼락. 시멘트 잔해가 뭉텅이로 떨어져 담벼락 아래 고분처럼 쌓인 골목. 온 동네가 생기 잃은 잿빛이었다. 놀이터 따위가 있을 리없었다. 아이들을 위한, 청소년을 위한 무엇도 없었다. 대신 아버지들을 위한, 아저씨들을 위한 실비 집이나 대폿집은 많았다. 골목은 언제나 담배와 술에 찌들었다. 그런 동네에서 포동포동한 시절을 보내야 했던 아이들이 있었다. 거칠었고 자존감은 없었다. 낮에는 아이들이 싸우고 밤에는 어른들이 싸웠다. 경찰들은 우리 동네에서 날아드는 폭행 신고에 넌더리를 냈다.

한밤중의 놀이터는 깜깜했다. 놀이터 안으로 발을 들이자 운동화 속에 모래가 새어들었다. 어둠으로 들어가 거사 치를 위치를 물색했다. 흔들리는 것들은 발각되기에 십

상이므로 가벼운 그녀 대신 미끄럼틀 위에 앉았다. 차가운 쇠붙이가 살결에 닿자 솜털들이 곤두섰다. 마침 아무도 없었다. 무심한 밤이었다.

가방에서 필통을 꺼냈다. 필통에서 커터칼을 꺼냈다. 커터칼의 마개를 빼내어 제일 앞쪽에 있는 칼날 한 칸을 잘라내었다. 매끈하고 날카로운 연장이 되었다. 머릿속으로 여러 번 예행연습을 했지만 긴장되는 건 어쩔 수 없었다. 입안에 침이 고였다. 소변이 마려웠다. 가볍게 쓱 왼쪽 손목을 그어보았다. 피가 조금 맺혔다가 금세 굳어버렸다. 조금 더 힘을 주어 다시 그었다. 피가 더 많이 나왔다. 상처에 바람이 닿자 쓰린 통증이 왔다. 그 순간 화가 가라앉았다는 걸 알게 되었다. 시시하고 서툴렀던 나의 첫 번째 만행. 손목 흉터는 그렇게 완성되었다.

※

병원을 그만둔 건 닥터 윤, 그 사람 때문이 아니었다. 근본적이고 고질적인 이유는 따로 있었다. 지방에 있는 대학병원이었지만 일이 쉬운 건 아니었다. 직업에 사명감도 책임감도 없는 나에겐 지옥 같은 공간이었다. 처음에는 만만하게 봤다. 자거나 먹는 행위가 중요하지 않았던 터라 3교대쯤이야, 코웃음을 쳤다. 그러나 일상의 가치들이 모두 무너지고 있었다. 수술실에서 벗어난 후에도 마찬가지였다. 걸핏하면 휘청거렸고 환자보다 더 환자 같은 얼굴로 환자들을 대했다. 인정한다. 나는 환자들에게 친절하게 대하지 않았고 그에 따른 미안한 마음조차 없었다. 환자들은 나를 향한 불만을 숨기지 않았다. 입사 초기부터 지적과 경고를 많이 받았다. 변명일 수도 있겠지만 시간이 갈수록 천직이 아니라는 생각이 들었다. 단 한 순간도 행복하거나 만족하지 못했다. 알고 있으면서도 그만두지 못했던 건 다른 기술이 없었기 때문이었다. 정말 다른 길이 떠오르지 않았다.

대학병원을 그만둔 후 개인 병원을 전전했다. 월급을 많이 준다고 해도 대학병원으로 돌아갈 생각은 전혀 없었다. 간호사는 내가 할 수 있는 유일한 밥벌이라고 생각했다. 개인 병원에는 간호조무사들이 주로 근무했기 때문에 간호대학을 나온 나의 이력서는 모든 원장의 마음을 사로잡았다. 근무 조건을 비교해서 원하는 병원을 골라잡기만 하면 되는 상태였다. 아무래도 급여는 적었다. 대우가 다를 텐데 괜찮겠어요? 원장들은 오히려 나를 걱정했다. 괜찮아요. 돈보다 시간을 남기는 게 더 좋아요. 그 말이 가장 정답에 가까웠다.

　나는 개인 병원을 옮겨 다니며 근육 주사, 정맥 주사 등 주로 바늘 잡는 일만 맡았고, 접수나 수납, 조제 등은 간호조무사들이 했다. 그래서인지 그녀들은 나를 싫어했다. 어딜 가나 대놓고 싫은 내색을 했다. 자신들도 충분히 할 수 있는 일을 하면서, 지금까지 자신들이 해왔던 일을 하는 주제에, 내가 더 월급이 많았고 인정도 받았으니까. 고작 대학을 나왔다는 이유로 특별 대우를 받는다고 생각하는 것 같았다. 어느 정도 틀린 생각은 아니었지만 내가 마땅히 누려야 할 권리라고 생각했다. 간호대학 졸업장과 간호사 면허는 쉽게 얻을 수 있는 게 아니었다. 따돌림이 열등감에서 비롯되었다고 생각하면 별로 스트레스 받지 않았다. 나는 늘 혼자 점심을 먹었다. 커피도 혼자 마셨다. 딱히 외롭지도 불편하지도 않았다. 어디서든 무리는 생기고 아웃사이더도 생기는 법이니까. 일찌감치 그걸 깨닫고 사회에 나왔으니까.

광수 의원에서 이 년 차 왕따가 되어 갈 무렵이었다. 어느 날 원장 최광수가 나를 부르더니 밥을 사주겠다고 했다. 퇴근 후 회전 초밥집에서 보자고 했다. 광수 의원의 의사는 가정의학과 전문의인 최광수 하나였다. 간호조무사 다섯 명과 나, 데스크 업무만 따로 보는 직원이 있었다. 노동자와 노인이 많은 동네여서 환자는 끊이지 않았다. 며칠 전에 간호조무사 한 명을 더 뽑았다는 얘기를 들었다. 아무래도 주 고객이 노인들이기 때문에 그들의 늙은 몸을 보조할 인력이 많이 필요했던 까닭이었을 게다. 나는 새로 뽑은 간호조무사가 내 후임일지도 모른다는 합리적 의심을 했다. 최광수가 분명 후회하는 눈치였기 때문이다. 처음에는 '의원'에서 간호사를 채용한다는 게 뿌듯했다가 막상 채용해보니 연봉만 세고 일을 부리기엔 부담스러웠던 것이다. 내 연봉으로 간호조무사 두세 명은 채용할 수 있었다.

초밥집에서 나란히 앉은 최광수는 우선 마음껏 먹으라고 말했다. 나는 날치알 초밥과 광어 초밥 접시를 들어 앞에 내려놓았다. 둘 다 먹어 치운 후 연어 초밥이 회전해서 오길 기다리고 있을 때, 최광수가 입을 열었다. 이제 곧 근무 기간 이 년을 채우는 내게 연봉을 맞춰주기가 힘들 것 같다는 말이었다. 예상하고 우려했던 상황이었지만 기분이 좋을 리 없었다. 그가 말한 연봉은 핑계였을 것이다. 다른 직원들과 사이가 나쁘면 지장이 생기게 마련이었다. 누구도 나와 휴가 기간을 의논하지 않았고 회식 날짜를 알려주지도 않았다. 무엇보다 중요한 건 일 처리였다. 차팅이나 오더를 재빠르게 넘겨주지 않아서 일이 밀리는 상황이 자주 있었다. 물론 내 잘못은 아니었다. 내 잘못이 아니더라도 결국 내가 잘못한 사람이 되어버리는 상황은 그리 낯설지 않았다. 환자들 사이에서도 내 손이 느리다는 불만이 쏟아졌다.

원장이 연봉에 관한 말을 반복했다. 그동안 수고했다는 실속 없는 치레도 덧붙였다. 나는 일단 내 앞에 다가온 연어 초밥을 옮겨 왔다. 겨우 초밥 두 개 먹이고 권고사직을 논할 것인가. 뒤이어 다가오는 참치 아보카도와 한치 초밥, 새우 초밥, 가리비 초밥 등 가리지 않고 테이블로 옮겼다. 제 얘기 들었어요? 내 태도가 마음에 들지 않았는지 최광수는 약간 인상을 쓰고 있었다. 네. 그제야 다시 얼굴에 미소를 머금은 그가 말을 이었다. 결론은 이번 달까지만 출근하라는 말이었다. 겨우 일주일 남은 달을 떠올리며 나는 계속 초밥을 먹었다. 사흘 뒤에 추석이었다.

초밥 먹은 힘으로 짐을 쌌다. 마지막 월급으로 두 달 치가 들어왔다. 몇 달은 실업 급여를 받을 수도 있으니 당분간 일을 하지 않아도 괜찮을 것 같았다. 누군가 애썼다고 말해주었으면 좋겠다. 이리저리 치이며 적성에도 안 맞는 일 하고 사느라 애썼다고. 그러나 그런 말을 해줄 사람은 없다. 그런 사람이 없다는 사실보다 그 사실을 알고 있다는 게 더 가혹했다. 기억이든 사람이든 집이든 무엇을 향해서도 되돌아가는 길에는 통증이 있다. 왔던 길 돌아가지 말고 살아야지 하면서도 길이 하나밖에 없다면 가야 한다. 애썼다고 말해줄 사람이 없는 게 당연한 곳. 애증의 도시. 서울로 가는 길.

다시는 돌아가고 싶지 않은 곳이 또 생겼다. 병원. 그곳으로 돌아가지 않고 내가 할 수 있는 일이 있을까. 간호사 면허를 가지고 창업을 할 수도 없다. 아픈 사람을 만나지 않으면 돈을 벌 수 없는 직업. 혼자서는 아무것도 할 수 없는 기술. 이십 대를 온통 아픈 사람들만 보며 산 기억밖에 없다. 일그러진 얼굴, 근심 어린 표정, 만사 귀찮은 말투, 앓는 소리, 크레솔 냄새, 사이렌 소리, 주사. 그리고 피.

피. 피!

피를 보아야 살 운명이라는 말. 그 해괴한 말을 들은 건 열여섯 살 때였다.

*

중학교 입학해서 삼 년 내내 영화와 껌딱지처럼 붙어 다녔다. 등하교도 같이 하고 밥도 같이 먹고 화장실도 같이 갔다. 서로의 흉터를 공유하며 피드백을 해주거나 다음 흉터의 기획을 함께 하기도 했다. 은밀한 사연을 주고받는 관계일수록 매혹적일 수밖에 없었다. 말하자면 우리는 소울메이트였다.

졸업을 앞둔 겨울 방학에 영화의 할머니 집에 가기로 약속했었다. 영화는 방학 때마다 할머니한테 다녀온다고 했다. 어릴 적에 아버지가 갑자기 죽은 후 할머니와 몇 년을 살았다고 했다. 그래서 각별한 모양이었다. 나는 첩첩 산골이라는 곳이 궁금해서 꼭 가보고 싶었다. 졸업 기념으로 엄마와 아빠에게 허락을 받았다. 사실 허락 같은 건 필요 없었다. 내가 어디를 가든 그들은 내게 관심이 없었으니까. 살아서 돌아오기만 하면 그만이었다.

우리는 반포에서 고속버스를 탔다. 두 시간 넘게 달려 도착한 곳은 역한 지린내가 진동하는 낡은 터미널이었다. 다시 초록색 마을버스를 타고 한 시간 정도 이동했다. 가분리 이역골. 마을버스에서 내려 비포장 산길을 끊임없이 올랐다. 산 귀퉁이에 숨어 있던 마을이 나왔다. 말도 안 되는 높이를 가진 집들이 속속 드러났다. 저 안에서 생활이 될까 싶을 만큼 작고 아담했다. 대충 얹은 박공지붕 위에 줄지어 앉아 이방인을 구경하고 있는 까마귀들. 지붕에 박힌 작은 굴뚝에서는 희뿌연 연기가 뿜어져 나왔다.

영화 할머니 집은 외딴 마을 끄트머리에 있었다. 할머니는 무표정과 담담한 말투로 우리를 반겼다. 오니라 욕봤다. 당장 부엌으로 들어간 할머니는 드문드문 꽃무늬가 벗겨진 소반에 된장찌개와 나물 몇 가지를 내어와서 우릴 배불리 먹게 했다. 별다른 반찬이 없는데도 오래간만에 입맛이 돌았다. 텔레비전도 휴대폰도 없는 식사 시간. 나무 냄새, 풀 냄새, 새소리 같은 것들이 식념을 전하는 것 같았다. 평화로운 식사가 끝나자 영화는 밥상을 들고 부엌으로 갔다. 다시 부엌에서 나오는 영화를 향해 할머니가 말했다. 나무를 해오라고. 나는 무슨 말인지 알 수 없었지만 영화에겐 낯설지 않은 일인 것 같았다. 우리는 나무를 하러 나섰다.

야트막한 산길을 걷고 또 걸었다. 아직 첫눈이 내리지는 않았지만 12월의 산은 몹시 추웠다. 십 분, 이십 분. 그렇게 먼 거리도 가파른 길도 아니었는데 시간은 더디게만 느껴졌다. 그게 산이 가진 마법이라고 영화가 말했다. 나는 영화의 화법을 좋아했다. 생각하고 집중하게 만드는 이상한 능력이었다. 우리는 마법 속을 걸었다.

도착한 집 마당에는 나무꾼이 있었다.

"법수 삼촌. 저 왔어요."

"왔냐."

나중에 알았지만, '법수'는 그의 법명이었다. 까까머리를 보아 법명을 받아도 좋을 만한 모습이었다. 그래도 '법수'는 좀 가볍게 느껴졌다. '법정'은 되어야 있어 보이지. 삼촌이라는 사람은 우리를 발견하고도 계속 나무만 팼다. 영화는 내게 목장갑을 건넸다. 그러고는 산속의 또 다른 산처럼 쌓여있는 장작을 바퀴가 두 개 달린 수레에 옮기기 시작했다. 나도 말없이 도왔다. 비었던 수레가 나무로 가득 차고 있었다.

손과 팔이 저리고 허리가 뻐근해지기 시작할 무렵이었다. 법수 삼촌이 대청마루에 앉아 우리를 불렀다. 우리는 목장갑을 벗고 삼촌이 있는 쪽으로 다가갔다. 쟁반에 군고 구마와 커피 석 잔이 놓여 있었다. 영화가 군고구마 껍질을 벗기기 시작했을 때, 삼촌이 나를 빤히 쳐다보았다. 눈빛이 기분 나빴다. 돌연한 전개는 불쾌한 법. 영화의 숙부든 숙주든 내게는 남남인 아저씨일 뿐인데 숙녀를 그렇게 빤히 쳐다보다니.

"넌 생일이 언제냐?"

"왜요?"

나는 퉁명스럽게 되물었고 뜨거운 고구마를 한 입 베어 물던 영화가 말했다.

"말해줘. 한때 이름 좀 날렸던 박수였어."

"음력 6월 27일이요."

"생시를 아느냐?"

물론 알고 있었다. 우리 엄마는 점 보는 게 취미였으니까. 그는 가만히 눈을 감고 한동안 말이 없었다. 영화는 고구마를 후후 불어가며 먹고 있었고 나는 삼촌을 쳐다보며 긴장하고 있었다. 피를 봐야 살겠구나. 그가 눈을 가느다랗게 뜨고 말했다. 피를 봐야 살겠어. 그러고는 내 몸을 머리끝부터 발끝까지 훑는 게 느껴졌다. 나는 본능적으로 왼쪽 손목을 가렸다.

"천수를 다하려면 바늘이나 칼을 들어야 한다. 자의든 타의든 몸에 상처가 생겨도 너무 염려 말아라. 살기 위해 그런 거니까."

영화가 키득거리는 게 보였다. 이렇게 무서운 운명을 듣고도 웃음이 나오다니. 왜 웃냐고 물었더니 입안 가득 고구마를 집어넣은 영화는 별 것 아니라는 듯 손사래를 쳤다. 그나저나 바늘이나 칼을 들어야 한다면 의사가 되라는 말인가 싶었다. 의대에 가기엔 성적이 심각했다. 혹시 기적이 일어날까? 성적에 기적 따위는 없다. 의사 말고 바늘이나 칼을 들고 일하는 직업이라면, 요리사 정도인데.

"너 지금 의사 생각했지?"

"어떻게 알았어?"

"나도 비슷한 말을 들었거든. 그 말을 들었을 때 제일 먼저 떠오른 게 의사였고."

영화의 말을 듣자, 눈앞에 있는 남자가 한때 박수로 날렸다는 사실을 믿을 수 없었다. 생일과 생시가 다른데 운명이 같을 수 있다고? 그렇게 따지고 들면 어떤 변명을 할지 궁금했다. 물어볼까? 망설이는데 영화가 먼저 선수를 쳤다.

"삼촌. 사주가 다른데 운명이 같을 수 있는 거야?"

"우리나라에만 사주가 같은 사람이 백 명은 된다. 그런데 그들의 운명이 똑같지 않아. 반대로 전혀 다른 사주가 비슷한 인생을 살기도 해. 운명이라는 것이 사주에만 국한된 것은 아니거든. 오행이 운동하는 데에는 기질부터 눈빛과 목소리까지 작용하는 법. 너희 둘이 친해진 이유가 음양의 조화 때문이다. 영화는 상이 양이지만 기질은 음과 같고, 너는 상이 음이지만 기질은 양과 같다. 상이 기질을 이기는 경우는 드물기에 너는 영화의 반골을 감당하지 못할 것이다. 다만 영화가 네 덕을 보지 싶다. 상과 기질이 다른 것은 너희가 아직 제 운명을 살지 못하고 있음인데 그것은 아직 어려서 그러하고 나이가 들수록 뚜렷해진다."

우리는 눈을 동그랗게 뜨고 삼촌의 말을 경청했다. 왠지 모르게 신뢰가 가는 발언이었지만 믿고 싶은 마음은 없었다. 동네 이름 없는 철학관에서도 사주 풀이 정도는 하면서 먹고 사는데 무당이라면 그보다 더 뭐랄까 영적 존재의 계시 같은 말을 해야 하는 게 아닌가 싶었다. 내가 떨떠름한 표정으로 커피를 마시자 삼촌이 다음 말을 이었다.

"피를 봐야 산다는 말은 인생이 순탄치 않다는 말이다. 피를 보지 않으면 한 번에 큰 우환을 겪게 되니 그것은 비명횡사나 급사, 단명과도 하나다. 너희 두 녀석이 보이지 않는 곳에 살갖 베는 짓을 하는 것도 비운을 피하기 위함이고. 그 짓을 멈추고도 사는 방법은 바늘이나 칼을 들어 다른 피를 보는 것이다. 어째서 익사만을 생각하느냐. 공부도 못하는 것들이."

나는 커피를 마시다가 사레들릴 뻔했다. 영화에게 자해에 관해 고백한 거냐고 물어보려던 찰나, 영화의 얼굴이 굳어버린 것을 발견했다. 영화도 삼촌이 알고 있다는 걸 몰랐던 게 분명했다. 삼촌은 마른기침을 하며 먼 산을 바라보았다. 그가 주시한 마른 나뭇가지에서 작은 날짐승이 잽싸게 달아났다.

"우리 이제 자해 안 해요."

변명도 해명도 하지 않는 영화를 위해 내가 한 말이었

다. 삼촌이 기다렸다는 듯 대꾸했다.

"너는 안 해도 얘는 해."

나는 놀라 영화를 쳐다보았다. 영화는 무표정으로 다시 고구마를 베어 물었다. 무당 앞에서 시치미를 떼고 있다니! 영화가 계속 자해를 하는 줄은 몰랐다. 명색이 삼촌이라는 사람이 그 사실을 알고 있으면서도 지금까지 모른 척했다는 게 의아했다. 어쩌면 진짜 영화가 살기 위해 하는 짓이라고 믿었기 때문일까. 꽃만 보며 살라 말해도 시원찮을 마당에 피를 보며 살라니! 겨우 열여섯 살한테!

*

서울역에 도착할 때까지 줄곧 법수 삼촌이 떠올랐다. 가분리 이역골. 내가 가본 가장 먼 곳. 피를 보고 살 운명이라는 허무맹랑했던 예언. 그게 맞아떨어진 건지 모르겠지만 피를 보고 살긴 했다. 몸에서 나오는 붉은 것이 필요한 운명이라면 나는 간호사를 그만둘 수 없을 것이다. 정당한 방법으로 피를 보고 살 수 있는 다른 직업은 떠오르지 않았다. 어쩌면 나는 내 운명대로 잘 가고 있었는지도 모른다.

지금 서울로 돌아가봤자 뾰족한 수가 없다는 것도 알고 있었다.

엄마는 몇 년 만에 보는 딸을 마치 어제 본 것처럼 대했다. 커다란 트렁크 두 개를 보면서도 별다른 말을 하지 않았다. 정신 사나운 집은 여전했고 좁디좁은 내 방도 그대로였다. 내가 집을 떠난 사이 내 방을 써도 되겠느냐고 허락을 구했던 막내 이모는 깔끔하게 사라지고 없었다.

"이모 어디 갔어?"

내 질문에 엄마는 날카로워졌다.

"어디서 또 양아치 새끼랑 눈 맞아서."

"어허."

아빠가 제지했다.

"왜! 내가 없는 말해? 제 핏줄 뒤통수 치고 남자랑 야반도주한 년을 뭐하러 감싸. 이제 그 년은 동생도 뭣도 아니야!"

웬일로 아빠가 응수를 못 한 채 절절매고 있었다. 막내 이모와 함께 야반도주한 남자가 아빠 회사 후배였고 그 둘이 모의해서 회사 자금을 빼돌려 잠적했다는 사실을 알게 되었다. 따지고 보면 그건 엄마한테 불리한 상황일 수 있었다. 공금을 들고 튄 건 엄마의 동생이었으니까. 그러나 큰소리는 엄마가 치고 있었다. 이유인즉슨, 양아치와 이모를 만나게 한 사람이 아빠여서. 아빠는 자매지간에도 신뢰가 없었던 막내 이모를, 망나니 처제를 늙다리 후배에게 소개해 주었다. 소개받은 두 사람은 마침 죽이 잘 맞았다. 뒤통수 치는 것도, 양심 없는 것도. 그 이모로 말할 것 같으면 어린 내 기억 속에서도 싹수가 노랬던 사람이다.

*

손목에 피딱지가 떨어질 무렵, 이모가 엄마를 폭행하는 장면을 목격했다. 하교 후 현관문을 열었더니 멧돼지보다 우람한 이모가 토끼만큼 작은 엄마의 머리채를 붙들고 있었다. 엄마의 몸은 이모의 손에 의해 광야의 갈대처럼 이리저리 흔들렸다. 현관문을 열어둔 채 가만히 그 장면을 목도하고 있는 나를 이모가 먼저 발견했다. 덕분에 엄마는 이모의 포박에서 풀려났다. 엄마의 머리카락은 죽어가는 사자의 갈기 같았다. 뒤늦게 나를 본 엄마는 이때다 싶었는지 프라이팬으로 이모의 머리통을 냅다 갈겼다. 산돼지가 바닥에 쓰러졌다. 상욕을 하던 엄마는 머리카락을 쓸어 내리며 말했다.

"밥 먹어야지."

교복을 갈아입고 나오니 정신을 차린 이모가 좌탁 앞에 앉아 있었다. 엄마는 이모 머리통을 갈긴 프라이팬에 삼겹살을 굽고 있었다. 이모는 자신의 건너편 탁자에 수저를 놓으며 나를 쳐다보았다. 배시시 웃는 얼굴이 기괴했다. 엄마가 프라이팬을 들고 탁자 앞으로 다가오자 이모는 잽싸게 행주를 접어 밑에 받쳐 주었다. 가위를 들고 온 엄마는 기다란 삼겹살을 쓱싹쓱싹 베었다. 그 장면에서 오금이 저렸고 자해 충동이 일었다. 내가 젓가락을 들고 삼겹살 한 점을 집어 올리자 이모가 자리에서 일어서며 말했다.

"다음 달까지 꼭 갚을게."

엄마는 별다른 대꾸를 하지 않았다. 돈을 빌린 것도 이모였고 폭행한 것도 이모였다. 이모는 엄마의 막냇동생이었다. 그날 내 허벅지에 두 번째 흉터가 생겼다.

막내 이모가 엄마에게 저지른 흉악한 짓은 암암리에 비밀이 되었다. 그 비밀은 엄마에게 일종의 무기였다. 나는 언니에게도 아빠에게도 다른 이모들에게도 그날 목격한 장면을 일러바치지 않았다. 그러나 아빠가 알게 되는 건 시간문제였다. 엄마가 이모에게 빌려준 돈의 출처는 아빠였으니까.

부부 싸움이 난 건 당연한 일이었다. 교양 없는 사람들의 싸움은 자매간이든 부부간이든 별반 다르지 않았다. 말보다 손이 앞섰다. 물건이 먼저 박살 난 후 사람이 박살 났다. 우리 집이 아니면 다른 집에서 싸움이 났다. 평범한 일상이었다. 싸움은 가난한 동네를 밤새 침묵하지 못하게 만들었다. 그래서인지 우리 동네 아이들은 커터칼과 유별나게 친했다.

*

이모 때문에 길바닥에 나앉을 뻔했다는 사실을 엄마는 대수롭지 않게 말했다. 그동안 이모가 사고 친 게 한두 번이 아니었지만, 이렇게 대형 사고를 쳤다는 걸 나는 모르고 있었다. 내가 알았어도 별수 없는 일이긴 했다. 그래도 길바닥에 나앉을 뻔한 집안 사정까지 나에게 얘기하지 않았다는 건 조금 섭섭했다. 아마 내게 손 벌리고 싶지 않아서였겠지. 나는 내 부모가, 내 가족이 배신감에 상처 입은 채로 길바닥과 싸우고 있었다는 사실을 몰랐다. 내 삶만 투덜거리며 살기에도 너무 힘들었다. 어쩌다가 전화 통화를 해도 안부를 묻는 건 언제나 엄마와 아빠였다. 나는 그들을 닮아 그들의 인생에 관심이 없어도 괜찮은 줄 알았다. 어쨌든 돈을 들고 튄 이모 덕분에 나는 내 방에 무사히 안착했다.

아무도 묻지 않았다. 내가 왜 돌아왔는지. 한참 막내 이모를 욕하던 엄마는 무심하게 식사를 준비했고 아빠는 텔레비전을 보며 채널을 돌렸다. 한결같은 사람들. 어릴 때는 나에게 관심이 없는 것 같아 서운하고 외로웠는데 지금은 이런 태도가 너무나 훌륭하게 느껴졌다. 짐 싸서 온 것 보면 직장은 때려치웠을 것이고 당연히 원룸은 정리했을 거라고 생각하겠지. 독립했다가 다시 부모 집에 기어들어온 자식이 어느 정도 기가 죽었을 거란 것도 알만했을 것이고. 그러니 아무것도 묻지 않는 내 부모의 변함없는 무심함이 고마웠다.

나는 짐을 풀지도 않고 아빠 앞에 앉아 밥을 기다렸다.

텔레비전 채널을 돌리던 아빠는 이따금 엄마를 힐끗거렸다. 막내 이모 사건으로 아빠는 회사를 그만두었다고 했다. 그만둔 게 아니라 잘렸겠지. 바람둥이에다가 직장까지 잃은 남편은 대역 죄인이었다. 그동안 얼마나 눈칫밥을 먹었을지 안쓰러웠지만, 한편으로는 아빠가 나와 한배를 탔다고 생각할까 봐 걱정이었다. 적어도 나는 권고사직이었으니까.

백수가 된 부녀를 위해 엄마는 분주하게 음식을 했다. 백수들은 앉아서 기다리고 엄마는 쉴 새 없이 싱크대를 오갔다. 분위기가 껄끄러웠다. 엄마는 막 익힌 제육볶음을 프라이팬 그대로 밥상 중앙에 내려놓았고 아빠는 프라이팬을 내 앞으로 밀어주었다. 젓가락을 들던 아빠가 작은 소리로 말했다.

"애썼다."

엄마와 나는 동시에 아빠를 쳐다보았다.

"뭐라고?"

마치 말실수를 했다는 듯 아빠는 입을 다물었다. 나는 그런 말을 평생 처음 들어서 당황했고 엄마는 그런 말할 주제가 되냐는 눈빛을 보냈다. 우리는 말 없이 식사만 했다.

늦은 저녁에 언니가 전화했다. 내가 백수가 되어 집으로 돌아왔다는 사실을 들은 모양이었다. 학창시절 늘 우등생이었던 언니는 전액 장학금을 받기 위해 명문대를 포기했다. 형편만 괜찮았다면 유학을 가도 좋았을 명석한 아이였다고, 뒷바라지 못 해준 걸 자책하던 엄마. 부모를 원망한 적 없었던 언니. 그들은 서로 미안해하고 위로해주는 사이였다. 언니는 내년 봄에 결혼을 앞두고 있었지만 이미 예비 형부와 동거 중이었다. '평생 부모 실망시킨 적 없는 장녀'라는 타이틀은 한 남자로 인해 물거품이 되었다. 예비 형부가 가난한 연극 단원인 걸 알게 된 엄마. 동거부터 하겠다는 말에 기함한 아빠. 그게 벌써 삼 년 전 일이다. 지금은 누구보다 예비 사위를 아끼는 사람들이 되었다. 단순히 자식에게 진 게 아니었다. 예비 형부는 가난한 게 흠이었지만, 그 흠을 물고 늘어질 수 없을 만큼 거의 완벽한 인품을 가지고 있었다. 그런 사람의 가치를 언니가 먼저 알아봤고 나중에 부모님도 인정했다.

"이왕 백수 된 거 배낭여행이라도 다녀오는 게 어때?"

"갑자기 배낭여행은 무슨."

"스물아홉은 그래야 하는 나이야. 모든 아홉은 흔들리는 때거든. 너도 알잖아."

언니는 모든 아홉이라고 말했지만, 나의 열아홉을 에둘러 말하고 있다는 걸 모를 리 없었다. 그 시절 상처가 비밀이 될 수 없었던 이유는 영화의 죽음 때문이었다. 내가 아무런 대답 없이 조용히 있자 언니가 말했다.

"배낭여행이 부담스러우면 머리를 짧게 자르는 것도 괜찮을 것 같아. 나쁜 기운이 상쇄되는 효과가 있대."

"누가 그래?"

"다음 달에 그이 작품 들어가거든. 대본을 읽었는데 그런 대사가 있더라? 스님들이 머리를 박박 미는 이유가 머리카락이 나쁜 기운을 흡수하기 때문이래."

나는 '나쁜 기운'이라는 어휘에 주목했다. 십 년 동안 잊으려고 노력했던 십 년 전의 기억. 열아홉의 기억이 나쁜 종류인 건 확실한데 스물아홉 인생이 어떻게 흐를지는 아직 알 수 없었다. 직장을 그만둔 게 아홉수의 횡포랄 수도 없었다. 아니라는 걸 알면서도 끔찍했던 아홉수가 자꾸만 떠올랐다. 언니와 대화하는 내내 나는 열아홉 살로 표류하고 있었다.

*

　영화가 미술 선생을 교육청에 고발했던 것이 발단이었다. 그 사실을 알게 된 학교에서는 난리가 났다. 교육청에 고발하기 전에 왜 학교에 먼저 알리지 않았느냐는 질타와 함께 고발 내용에 증거가 있느냐는 의심이 영화 앞에 쏟아졌다. 영화는 흔들리지 않았다. 자신을 부정하는 사람들 앞에서 입술을 바르르 떨지도 않았다. 또박또박 사실만을 말했다. 영화의 말을 믿을 수 없었던 학교 측은 두 사람을 대면시켰다. 가해자와 피해자가 마주 앉았다. 가해자의 직장 동료들이 두 사람을 심문했다. 미술 선생은 마주 앉은 영화의 인격을 비하하며 삿대질을 하다가도 다른 선생들을 향해서는 억울함을 호소했다. 영화가 밤낮없이 미술실에 찾아와 자신을 유혹했다고. 드로잉도 모르던 애를 입시 미술까지 가르쳐 놨더니 이렇게 뒤통수를 친다고.

　학교 측은 영화에게 회유와 협박을 교묘하게 섞어서 겁을 주었다. 영화는 곽현주와 어울린 일로 품행에 낙인찍힌 상태였으니 회유보다는 협박이 잘 먹힐 거라 예상했을 것이다. 틀렸다. 영화는 겁을 먹거나 물러서지 않았다. 학교 측의 태도가 부당하다며 분노했다. 물론 그들은 귀담아듣지 않았다. 영화는 결국 미술 선생을 경찰에 신고했다. 경찰이 와도 별반 다르지 않았다. 확실한 증거가 없다면 경찰이든 선생이든 이길 수 있는 상대가 아니었다. 아무도 영화 말을 믿어주지 않았다. 그뿐이었으면 괜찮았을까. 영화의 완고한 태도 앞에 까발려진 가정환경이나 교우 관계. 영화는 그게 더 견디기 힘들었을 것이다.

영화의 자살 사건에 소문이 달리기 시작했다. 소문의 내용은 거의 진실이었다. 진실은 고작 소문에 의지했지만 생각보다 파장이 커졌다. 경찰과 기자들이 수시로 들이닥쳤다. 그들은 영화와 친했던 친구들을 불러 소문에 관해 물어보기도 했다. 내게도 물었다. 질문은 두 개였다. 영화 학생과 미술 선생님과의 관계를 알고 있니? 영화 학생이 불여우파와 어울린 게 사실이니? 불려간 아이들의 대답은 한결같았다. 저는 몰라요. 아무것도 몰라요. 나도 그렇게 대답했다. 저는 몰라요. 모른다고 말한 이유는 단 하나였다. 불여우파 얘기는 영화한테 불리할 게 분명했으니까.

영화가 떠난 지 한 달도 되지 않는데 사건은 묻혔다.

경찰은 밀도 있는 조사를 하지 않았고 언론은 단순 자살이라고 떠들었고 학교는 입시 전쟁 속으로 우리를 밀어 넣었다. 영화의 엄마는 단 한 번도 학교에 찾아오지 않았다. 대신 이사를 했다. 영화는 정말 조용히 죽었고 영화의 엄마는 가뭇없이 사라졌다. 미술 선생은 며칠 만에 학교에 복귀했다. 복귀한 미술 선생은 죽은 영화를 씹고 다녔다. 가해자 주제에 고인을 욕보이는 건 최소한의 인격만 있어도 하기 힘든 일이지만, 미술 선생에게 인격이 있을 리 없었다. 살아있는 자, 입이 달린 사람 중에 양심 없는 죄인만이 할 수 있는 짓. 놀랍게도 사람들은 미술 선생의 말을 믿었다. 영화는 죽어서까지 마녀사냥을 당했다. 똥물을 뒤집어쓴 채 죽으면 똥물 속에 묻힐 뿐이었다. 영화는 끝내 슬픈 아이로 남았다.

진실이 어느 쪽인지 신뢰하게 되었을 때부터 내 삶은 완전히 달라졌다. 영화가 죽기 전처럼 살아지지 않았다. 늦게나마 겨우 집중했던 공부를 다시 시작할 수 없었다. 그렇다고 영화의 화구 가방을 열어볼 용기가 생기는 것도 아니었다. 죽기 위해 옆 건물로 향하는 동안 내가 낌새를 알아차리고 달려와 주길 바랐을까 싶어서, 내가 영화를 살릴 수도 있지 않았을까 싶어서, 가방 속에서 나를 부르는 영화의 목소리가 튀어나올 것 같아서 나는 한동안 가방을 열어보지 못했다. 열어보지도 못하면서 계속 신경은 쓰였다.

끔찍한 기억이 삶을 멈추게 하지는 않는다. 누군가 고통 속에서 울부짖어도, 누군가 눈앞에서 죽어버려도 정지하지 않는 게 삶이었다. 어떤 상황에서도 산 사람은 살아야 했다. 가장 친한 친구의 죽음을 목격한 내 삶도 마찬가지였다. 애도할 권리는 주어지지 않았다. 우리에게는 원망보다 죄책감이, 걱정보다 슬픔이 먼저 찾아왔지만, 학교 측은 반대였다. 원망과 걱정을 무람없이 쏟아냈다. 원망은 죽은 사람을 향했고 걱정은 우리를 향했다. 학교 역사상 가장 멍청한 수험생들이라고, 교감이 말했다. 멍청한 우리는 눈치껏 입시 원서를 넣어야 했다.

꿈도 목표도 없었던 내게 담임이 추천한 곳은 간호대학이었다. 졸업 전에 거의 완벽한 취업을 보장하는 곳이지만 지방에 있다는 게 흠이라고 담임은 말하면서, 그마저도 안정권은 아니라는 말을 덧붙였다. 완벽한 취업보다는 지방에 있다는 이유로 나는 그곳에 원서를 넣었다. 예상대로 떨어졌다. 낙담하지 않았다. 대학은 가도 그만 안 가도 그만이었다. 그런데, 예비 후보였다가 추가 합격 통지를 받았다.

학교 졸업식에는 참석하지 않기로 했다. 생업으로 바빴던 부모님도 동의한 일이었다. 졸업식에 참석하는 대신 영화의 화구 가방을 열기로 했다. 육 개월 동안 하지 못한 숙제였다. 대부분이 영화를 잊어갈 즈음이었고 나도 잊을 수 있다면 잊고 싶은 마음이었다. 삶이 멈추지 않는다면 버릴 수 있는 기억은 버리고 가야 한다고 생각했다. 졸업과 함께 학창시절의 기억을 죄다 불태우고 싶었다. 악몽 같았던 십 대의 모든 기억을. 영화의 죽음을.

영화가 남긴 까맣고 커다란 화구 가방에서 나온 건 그림이었다. 수십 장의 크고 작은 그림들. 도화지. 힘없는 종이들. 막상 그림이 들어있는 걸 확인하자 온몸에 힘이 빠졌다. 반드시 유서가 들어있을 거란 예측은 빗나갔다. 화구 가방에 그림과 관련한 것들이 들어있는 게 당연한데 왠지 모르게 허무하기도 했다. 이걸 왜 죽기 직전에 내게 주었을까. 유서가 아니라 유산을 남긴 것인가. 나는 그림을 한 장 한 장 살펴보았다. 영화가 이렇게 그림을 잘 그렸는지,

언제 이렇게 실력이 늘었는지 놀라웠다. 미술 선생 덕분인가. 그러다가 묘한 그림들을 발견했다.

그림 아래에는 숫자와 글자가 적혀 있었다. 그림을 그린 날짜와 그림의 제목 같았다. 붓을 들고 있는 여학생의 뒤에서 성인 남자가 목을 감싸고 있는 듯한 그림에는 '소름'이라는 글자가, 여학생의 교복 치마를 들춰보는 그림에는 '개새끼'라는 글자가, 풀어헤친 교복 단추 사이를 비집고 들어가는 투박한 손에는 '나쁜 손'이라는 제목이 붙어 있었다. 제목 옆에 있는 날짜를 바라보았다. 영화가 죽기 육 개월 전쯤에 시작되었다. 그런 그림은 스무 장이 넘었고 모든 그림의 배경은 누가 봐도 우리 학교 미술실이었다.

그때부터 악몽을 꾸기 시작했다. 그림 속의 은밀한 장면이 영상으로 재생되고 나는 그 장면을 훔쳐보는 꿈. 간혹 내가 훔쳐보는 걸 영화에게 들키는 꿈. 일그러진 영화의 얼굴이 클로즈업되면서 가위에 눌리곤 했다. 악몽에서 깨어나면 죄책감에 시달렸다. 화구 가방을 사고가 일어났던 그날 열어봤더라면 어땠을까. 수사가 종결되기 전에 그림을 경찰에 넘겼더라면 결과가 달라졌을까. 그림들이 증거가 될 수 있었을까. 그렇다면, 멍청한 내가 가방을 너무 늦게 열어보는 바람에 영화의 억울함을 풀어주지 못한 게 아닐까. 죄책감이 무거운 날에는 죽은 친구를 원망하는 쪽으로 발버둥 쳤다. 살기 위한, 산 자의 비겁함.

왜 하필 나에게 가방을 떠맡기고 간 거니? 왜 하필 나였어? 우린 친한 사이가 아니라고 말할 때는 언제고, 왜! 왜! 나쁜 년!

멈추지 않는 생각들은 내 삶에 고스란히 영향을 주었다. 불면증과 거식증에 끌려다녔다. 우울증과 대인기피증도 생겼다. 몸도 마음도 한겨울 가시나무처럼 말라갔다. 아무런 의욕도 감정도 없었다. 시체처럼 정지해 있는 시간이 늘어갔다. 잠들지도 못한 채 누워만 있었다. 뇌에 지배당하지 않는 몸. 의지나 훈련에 의한 것이 아니라 본능적으로 개별화되는 몸. 뇌가 몸을 지배하지 못하면 온몸의 근육이 빠져나간다. 그다음에는 혈액에 문제가 생긴다. 끈적하고 검은 피마저 모자라 입술과 눈가가 파르르 떨린다. 간헐적이고 가녀린 그 떨림만이 내가 살아있음을 느끼는 유일함이었다. 어쩌면 죽어가는 걸 알려주는 반사작용이었을지도 모른다. 나는 정말 조금씩 죽어가는 것 같았다. 그런 느낌이 들자 진짜 죽고 싶다는 생각이 들었다. 순서가 바뀐 것 같지만 어차피 죽음이라는 결과는 같을 것이었다. 자발적 죽음이란 이런 것인가. 정신이 육체를 죽음에 이르게 하는 것. 죽고 싶다고 생각하는 힘만으로 죽는 것.

성적이나 대학에는 관심이 없었지만 자식 건강에는 유난히 예민했던 엄마가 내게 각종 보양식과 한약을 먹이려고 애썼다. 숟가락을 들고 협박과 애걸을 반복했지만 소용없었다. 내 목구멍은 열리지 않았다. 꾸역꾸역 밀어 넣은 음식은 변기에 다시 내몰렸다. 손톱이 갈라지고 머리카락이 빠지기 시작했다. 이 병원, 저 병원 다녀봤지만 별다른 진단을 내리지 못했다. 그 와중에도 나는 계속 악몽을 꾸었다. 도저히 두고 볼 수 없었는지 엄마는 나를 데리고 점집에 갔다.

해골 같은 얼굴로 무당 앞에 앉았다. 팔자 세게 생긴 무당이 말했다.

"공수받을 필요도 없겠어. 굿을 해야 해."

나는 속으로 염병, 하면서도 비웃을 힘조차 없었다. 멍한 표정으로 굳은살처럼 거칠어진 입술만 쥐어뜯고 있었다.

"혹시 신병은 아닌가요?"

"신병은 이렇게 곱게 오지 않아. 들어올 때 보니 꼬리가 길더구먼. 젊은 망령 하나가 따라다녀. 처녀 귀신 같은데 굿을 하면 떼어버릴 수 있으니까 걱정 마."

무당이 굿의 사이즈와 비용에 관해 브리핑하기 시작했을 때, 나는 온 힘을 다해 소리쳤다.

"젊은 망령이라고? 혹시 교복을 입고 있나요?"

"어떻게 알았어?"

"영화야! 영화가 확실해!"

엄마와 무당이 동시에 화들짝 놀라서 나를 쳐다보았다. 낙엽처럼 말라 비틀어졌던 입술이 찢어지며 피가 주룩 흘렀다. 영화다. 영화라면 억지로 떼어낼 수 없다. 굿 따위로 떨어져 나갈 영화였다면 애초에 오지도 않았을 거다. 나는 혓바닥으로 찢긴 입술을 핥았다. 비릿한 피 맛. 살아있는 맛. 이제 어디로 가야 할지 알 것 같았다.

삼 년 만에 다시 찾은 가분리 이역골. 거기까지는 기억 났는데 정확한 주소를 알 수 없었다. 딱 한 번 다녀온 곳이 었다. 물어물어 이장님 집을 찾아냈다. 이장님은 법수 삼 촌을 알고 있었다. 영화 할머니는 돌아가셨다고 했다. 이 장님의 도움으로 법수 삼촌의 집에 찾아갈 수 있었다. 열아홉에 혼자 가는 길은 열여섯에 영화와 둘이서 왔던 길과 달랐다. 처음 오는 곳 같았다. 길이 달라져서가 아니라 함께 걷는 사람이 달라졌기 때문이겠지. 알아서 슬픈 길.

법수 삼촌은 아무리 불러도 나와보지 않았다. 마당은 잡풀과 나무토막으로 엉망이었다. 사람이 사는 집 같지 않았다. 나는 슬그머니 마루에 올라가 방문을 열었다. 삼촌이 바닥에 쓰러져 있는 걸 발견했다. 허겁지겁 들어가 삼촌을 흔들어 깨우며 이장님을 불렀으나 이장님은 이미 돌아간 후였다. 119, 119! 두려움에 떨며 허둥대고 있을 때 삼촌이 내 손을 뿌리치며 상체를 일으켰다.

"괜찮으세요?"

"어쩐지 잡귀들이 온다 했다."

"잡귀요?"

"어쩐 일이냐. 혼자."

"영화가 계속 꿈에 나와서요. 점쟁이가 저한테 귀신이 붙었대요. 영화가 틀림없어요. 저 어떡하면 좋아요?"

"귀신이 붙기는. 망할 무당 같으니."

"아니에요? 아까 잡귀라고……"

"너는 겁살이 강해서 그래."

"겁살이요?"

"겁살 뿐이겠느냐? 너는 흉살이 여러 개라 몸과 마음이 고생할 팔자니라. 백호가 여섯이나 똬리를 틀었으니 여자가 감당하기는 힘든 사주다. 그때 말했듯이 칼을 들어. 피 흘리며 죽지 않으려면 너 스스로 피를 봐야 할 팔자라고 내 이미 말했다."

"영화도 같은 운명이라고 했잖아요. 근데 영화는 왜 죽어버린 거예요?"

"영화는 삼살이 탕화살을 휘감고 있어 그리 갈 수도 있는 팔자였다. 제 아비의 운명을 따라갔으니 사주팔자 단명은 대물림도 있는 법. 너는 어머니가 대신 칼을 들어 액받이에 도움이 되었을 것이다. 부모가 대신 액받이를 하는 건 초년 운에나 쓸모 하니, 스스로 살아내려거든 반드시 무기를 들어라. 칼을 들어! 피를 볼 수만 있다면 가위나 바늘도 좋다. 잔인하고 고단한 팔자이나 그렇게라도 살아야지. 피를 보면 명예수도 따를 것이니, 피를 보아라. 분명 크게 될 것이다."

"저 간호대학 붙었어요!"

"약한데……"

"그럼 어떡해요?"

"간호사가 되면 되도록 수술실에 들어가거라."

매일 피를 보라는 말이구나. 피를 보지 않아 내가 이렇게 말라가는 건가. 간호사가 되면 인생이 달라질까. 그건 두고 봐야 할 사안이다. 그나저나 영화의 아버지가 자살했다는 사실을 영화가 자살한 후에야 알게 되다니. 절친이라는 말이 참 무색하지만 친한 친구 사이라고 해도 고백하기 힘들었을 것이다. 영화가 자해를 시작한 건 그때부터였을까. 영화의 짧은 인생에서 기구하지 않았던 때는 언제였을까. 어쩌면 내가 정말 소중한 존재가 될 수도 있었을 텐데. 더 다가가지 못한 게 후회되었다. 슬픔 덩어리로 살다가 증발해 버린 내 친구. 이제 나의 슬픔이 된 영화.

"영화는 어디에 있어요? 가르쳐 주세요."

"……없다."

"진짜 없어요?"

"어디에도 없다. 살면서 네 일신에 문제가 생기거나 불행하다고 느낄 때마다 영화 탓으로 돌리지 말아라. 죄책감도 길어지면 망자 탓이 되느니라. 돌아올 수 없는 사람은 잊어주는 것이 도리다. 영화는 이제 어디에도 없다.

다만……"

"다만?"

"영화의 죽음이 전환점이 될 것이다."

"누구한테요? 저한테요?"

"살아라. 살아보면 알게 된다. 그리고 다시는 오지 말아라."

삼촌은 마지막 질문에 답을 주지 않았다. 어두워지기 전에 어서 돌아가라고 나를 내치는 바람에 떠밀리듯 급하게 일어섰다. 사립문을 나서는 다리가 후들거렸다. 터벅대며 몇 발을 옮기다가 돌아보니 삼촌은 사립문 밖에 뭔가를 뿌리고 있었다. 누구를 향한 행위였을까. 영화일까 나일까. 삼촌에게 다녀온 후 영화 꿈을 꾸지 않았다. 비록 꿈이었지만, 그마저도 보이지 않으니 죄책감도 점점 사그라들었다.

그로부터 십 년이 흘렀고 아홉수가 다시 돌아왔다.

2부

타투라니 말도 안 돼

언니 말대로 미용실에 왔다. 단발로 자르면서 소라를 생각했다. 소라에게서 영화의 가방을 건네받은 후 우리는 어색해진 채로 졸업했고 각자의 인생에 맞섰다. 몇 년 전, 이소라는 네일아트 숍을 열었다고 했다. 명함 앞뒤를 찍은 사진도 함께 보냈다. 소라 네일. 예약제. 고등학교 졸업 후처음 받는 연락이었다. 아마 연락처를 갖고 있는 모든 사람에게 홍보했겠지. 청첩장보다는 나았다. 간호사 일을 하면서 늘 위생에 신경 써야 했으니 손톱을 기른 적도 손톱에뭘 발라본 적도 없었다. 소라도 볼 겸 명함에 있는 주소를찾아갔다.

작업이 끝난 손님이 밖으로 나오고 있었다. 문을 열고

들어가자 시술대를 정리하던 소라가 나를 발견하고는 일초의 망설임도 없이 반색했다.

"어머, 이게 누구야!"

"안녕? 이소라."

시술대 코너를 돌아 나오다가 슬리퍼가 벗겨진 소라는 여전히 덤벙거렸다. 수다는 여전할까. 십 대 이소라는 수다스럽고 입이 싼 아이였던 기억이 났다. 아무렴 사람이 쉽게 바뀔까. 소라는 내게 차 한 잔 줄 생각도 하지 못한 채 수다를 떨었다. 열아홉에 헤어졌다가 스물아홉에 만난 친구의 수다. 나의 십 년에 관한 질문이거나, 자신의 십 년에 관한 고백이거나. 어느 쪽이든 삶이 초라하지 않은 쪽에서 수다는 시작되었다.

"김민정! 진짜 오랜만이다! 어떻게 살았어? 계집애. 내가 명함 보낸 지가 언젠데."

"먹고 사느라 다 그렇지 뭐. 근데 너 체대 가지 않았어? 네일은 웬일?"

"자퇴했어. 재미도 없고 비전도 없고. 엄마가 이거 배우면 가게 하나 내준다고 해서."

"부럽다."

"부럽긴. 요즘 이것도 얼마나 경쟁이 심한데. 곳곳에 네일이야. 그나저나 넌 간호대 갔었지? 너 지금 간호사야? 병원에 근무해? 잘 생긴 의사 있으면 소개 좀 해주라. 넌 남자친구 없어?"

"소라야. 우리 십 년만이야. 천천히 하자."

"아, 내 정신. 너 커피 마실래? 어떻게 이렇게 딱 맞춰 왔니. 뒤에 예약이 없거든."

예약이 없는 게 신나는 일은 아닐 텐데 소라는 나를 만나 진심으로 반가운 것 같았다. 소라는 분명 진중한 스타일은 아니었다. 그렇다고 영 가볍다고 말하기엔 그녀를 잘 모르겠다. 우리는 그때도 지금도 애매한 관계였다.

일회용 컵에 커피를 가져와서 내 앞에 내려놓은 소라는 내 손을 빤히 쳐다보았다. 흔히 볼 수 있는 직업병.

"너 관리 안 해?"

"간호사가 무슨 네일이야."

"오늘만 내가 서비스해 줄게. 손 이리 줘 봐."

"아니야. 돈 낼 게. 장사는 그렇게 하면 안 되지."

"오! 돈 번다 이거지!"

소라는 내 손톱을 정성스럽게 다듬기 시작했다. 분홍색

기계를 들고 대패하듯 굳은살들을 벗겨낸 후 큐티클을 제거했다. 따뜻한 수건으로 손을 감싸고 주물럭거리더니 원하는 색이 있느냐고 물었다. 나는 알아서 해달라고 말했다. 소라는 핑크를 골랐다. 가을과 핑크가 안 어울리는 것 같았지만 내버려 두었다. 그러고 보니 유난히 핑크를 좋아하던 애였다. 가방도 필통도 공책도 패딩도 모두 핑크였다. 나는 튀는 색을 좋아하지 않았다. 온통 검정이었다. 내 인생에 가장 화려한 색을 소라가 입히고 있었다.

"어? 야, 이거 흉터 남았네."

소라가 내 손목을 보며 말했다.

"흉터 없는 사람이 어딨니? 어쩔 수 없지."

"어쩔 수 없기는. 손목에 자해 자국은 좀 그렇지."

"알고 있었어?"

"그때 우리가 모르는 게 있었니? 나도 커터칼 있었는데 그 짓은 못하겠더라."

그 짓.

"타투라도 해."

"타투?"

생소한 단어였다. 그러니까 문신. 제법 흔해져서 길 가

다가도 타투한 사람들을 쉽게 만날 수 있는 세상이지만 내 몸에 하는 건 거부감이 들었다.

"이 정도 흉터에는 작은 레터링 하면 예쁠 거야. 한번 알아봐 줄까?"

"미쳤어? 타투는 무슨!"

"아. 맞다. 너 간호사지. 미안."

"간호사 관뒀어. 지금은 백수야."

"완전히? 영원히? 왜? 어렵게 땄을 텐데."

"그러게. 그래서 완전히 그만둘 수 없을지도 몰라. 어쩌면 다시 돌아가겠지. 인생이 완전히 바뀌기가 쉽겠니? 지긋지긋해도 다들 그렇게 살고 있을 거야."

목구멍이 포도청이라든가 팔자나 운명 같은 말을 쓰고 싶지는 않았다.

소라는 내 손톱에 집중하며 조숙희와 조숙영의 근황을 알려주었다. 조숙 자매는 나란히 감옥에 있어. 어찌나 우애가 좋은지. 소라의 표정과 말투가 너무나 무미건조해서 마치 조숙 자매가 포장마차에 있다는 말처럼 들렸다. 마약 사범으로 붙잡혔는데 그걸 신고한 사람이 불여우파 후배라고 했다. 오랜만에 듣는 불여우파.

"그 년은 뒷감당 어떻게 하려고 그걸 신고했을까?"

나는 아무 말도 하지 않았다. 불여우파 얘기는 여전히 불편했다. 아무 말 없는 나를 따라 이소라도 입을 닫았다. 아마 둘 다 영화가 떠올랐을지도 모른다. 소라가 영화를 입에 올리지는 않아서 다행이었다. 입을 닫고 작업한 덕분에 제법 빨리 핑크 손톱이 완성되었다. 내 몸에서 손톱만 동동 떠다니는 것 같았다. 낯설고 어색했다.

"너 혹시 곽현주 소식은 알아?"

"곽현주? 쌍년들 두목?"

역시 소라는 기억하고 있었다. 물어볼까 말까 갈등하다가 끄집어낸 질문이었다. 학교 졸업하고 미용 기술을 배우러 다니는 건 알고 있었다. 언젠가 영화와 곽현주를 시내에서 마주친 적이 있었는데 놀랄 만큼 평범한 옷과 화장 때문에 하마터면 곽현주를 못 알아볼 뻔했다. 외모는 바뀌었지만 나는 여전히 그녀가 무서웠다. 나름대로 수위를 낮추고 나쁜 마음을 덜 먹었다고 해도 일진은 일진이었다. 순진한 우리를 손아귀에 놓고 가지고 놀던, 지독한 기억을 남겨준 사람과 반갑게 인사할 수는 없었다. 몸에 상처가 나지 않았어도 어떤 기억들은 상처로 남는다. 상처가 되었다가 흉터로 새겨지기도 하는 기억. 공포. 트라우마. 그걸 준 사람은 세월이 아무리 흘러도 명백한 가해자여야 한다. 피해자가 단 한 명이라도 살아있는 한 과거를 모두 세탁할 수 없다. 피해자의 기억이 증거다.

사실 내가 궁금한 건 곽현주가 영화의 죽음에 관해 알고 있는지, 알고도 맘 편히 살고 있는지였다. 소라는 곽현주 소식까지는 모르는 것 같았다. 이상하게 그녀의 행방을 아무도 모른다고 했다. 같은 동네 사는 웬만한 애들 소식은 다 알고 있는데 곽현주만 사라지고 없다고.

"미용을 배우러 다니다가 몇 달 만에 그만두고 사라졌어."

"사라져?"

"그렇다니까. 이 동네에서. 어쩌면 한국에서. 어쩌면 이 생에서?"

"너무 함부로 예측하는 거 아냐? 어디선가 잘살고 있을지도 모르지. 결혼했거나."

내 말에 소라는 심드렁한 표정이었다. 절대 그럴 일은 없다는 듯 맞장구를 치지 않았다. 곽현주가 잘살고 있으면 내 손에 장을 지진다, 라는 말이라도 하고 싶은 것 같았다.

소라는 내 손톱에 오일을 떨어뜨리며 이해할 수 없는 말을 했다.

"그러니까 뭐든 중간만 하면 큰 탈은 없어."

"그게 무슨 말이야?"

"조숙 자매나 곽현주. 다들 너무 튀게 살았잖아. 솔직히 영화도 마찬가지고. 너나 나나 우리 같은 애들은 애매했잖아. 불여우파에 반항 한번 못 하고 끌려다니면서 쪽수만 채워준 무수리들. 아무도 우릴 기억 못 할걸?"

"반항 안 하고 튀지 않아서 우리가 잘 살아있다는 거야?"

"어디서든 중간에 있으면 몰라. 있는지 없는지. 있었는지 없었는지. 그게 낫지 않아? 그래도 불여우파 입회 자격은 얻었으니까 우리가 또 영 그렇지는 않다는 뜻이고."

영 그렇지 않다니.

"너는 너를 그렇게 말하고 싶니? 그때 불여우파에 불려 다닌 게 자랑스러워? 반항 안 한 것도 자랑이야? 소라야, 그건 비겁한 거야. 우린 비겁했잖아. 곽현주나 영화처럼 용기가 없었잖아."

"용기가 없었지. 내 말이 그 말이야. 그게 나빴니? 그 나

이에 두려움은 본능이야. 누구나 독립운동하듯이 목숨 걸
고 살지는 않아. 그때 튀었으면 우린 지금처럼 평범하게
못 살 수도 있었어. 너는 뭘 그렇게 예민하게 구니? 다 지
난 일인데."

다 지난 일.

지난 일이어서 관대해질 수 있는 기억들이 얼마나 될까.
적어도 상처나 트라우마가 없다면 가능하겠지. 소라가 저
렇게 말할 수 있는 이유는 영화의 화구 가방을 열어보지 않
아서일까. 그걸 보지 않았어도 영화가 옥상에서 떨어진 날
우리는 그곳에 함께 있었잖아. 심지어 영화와 마지막으로
대화한 건 너잖아, 소라야. 그리고 우린…… 경찰의 질문
에도 침묵했잖아.

어쩌면 소라 말대로 우린 서로 중간만 하려고 노력했는
지도 모른다. 불여우파의 눈에 들지 않기 위해 눈을 내리
깔고 벌벌 떨면서. 그러면서도 학교 밖에서는 불여우파 행
세를 했었던 소라. 지질하고 비겁했던 대가로 우린 평범한
이십 대를 살았다. 영화처럼 죽지도 않고 조숙 자매처럼
감옥에 가지도 않고 곽현주처럼 사라지지도 않고. 그저 평
범한 대학생에서 사회인으로 옮겨가며 계속 중간으로 살았

다. 잘했다고 칭찬을 해야 할까.

더운 수건으로 내 손을 감싸고 주물럭거리던 소라가 수건을 거두며 말했다. 예쁘다! 소라는 여전히 중간이고 싶은 것 같았다. 언쟁도 하기 싫고 나쁜 사람도 되기 싫고 그냥 딱 중간으로. 그런데 소라가 모르는 것이 있었다. 비겁함의 대가로 안전하게 사는 건 평범한 게 아니라 쪽팔리는 인생일 뿐이다. 싸울 때 싸우고 미움 받으면 감당하고 때론 작은 용기를 내어 바른말을 할 수 있는 사람이 평범한 인생을 살아야 마땅하다.

미안하지만 너는 중간 이하야, 소라야. 여고 시절 우리는 중간 이하였어. 기억을 못 하는 거니?

＊

벚꽃이 난분분한 봄날, 영화와 나는 감청색 교복을 입는 여고에 나란히 진학했다. 초딩 친구였던 소라와는 같은 반이 되었고 단짝이었던 영화와는 반이 멀어 예전만큼 붙어 있지 못했다. 겨우 만나는 시간이 점심시간이었다. 점심때가 되면 이산가족 상봉하듯 반갑게 만나 밥을 먹었다. 하지만 그 사건이 벌어진 후 그마저도 힘들게 되었다.

입학한 지 보름쯤 지나서였다. 점심시간이 되자 교실 뒷
문이 거친 소리를 내며 쩍 벌어졌다. 몇 명의 낯선 무리가
교실로 들어왔다. 낯선 것들은 여전히 적일 확률이 높았
다. 빨간색 명찰을 달고 있는 것으로 보아서 3학년인 듯했
다. 흐트러진 교복이나 시건방진 표정과 눈빛에서도 그들
이 3학년이라는 증거는 충분했다. 그들은 맨 뒷줄에 앉은
아이들을 하나씩 살펴보더니 너, 너, 너, 하고 지목했다.
세 명의 너 중에는 소라와 나도 포함되었다.

"너, 너, 너, 따라와."

무슨 일인가 벌어지고 있는 것 같은데 무슨 일인지 파악
되지 않았다. 우리는 서로를 바라보며 의문과 두려움이 섞
인 눈빛을 주고받기만 했다.

"이것들이 귓구멍에 돗대 박았냐? 따라오라고!"

그제야 슬금슬금 자리에서 일어난 우리는 그들을 따라
나섰다.

영문도 모른 채 따라간 곳은 학교 본채 건너편, 체육관
뒤쪽에 있는 폐지 수거장이었다. 입학하고 처음 구경하는

장소였다. 불려 나간 우리는 상황 판단을 할 수 없어서 주변을 두리번거렸다. 둘러보니 우리 반 아이들만 불려 나온 게 아니었다. 족히 열 명은 넘는 신입생들이 벌써듯 한 줄로 서 있었다. 그중에는 영화도 있었다. 내가 영화를 발견하고 상체와 함께 고개를 앞으로 내밀었을 때, 번쩍하고 뭔가 지나갔다. 누가 내 뺨을 때린 것이었다. 놀라 쳐다보니 내 뺨을 때린 선배가 정강이를 걷어찼고 나는 순식간에 주저앉았다. 정강이를 매만지는 나를 다시 걷어차서 나는 흙바닥에 넘어졌다. 불려 나간 다른 아이들도 같은 신세였다. 누군가 울며 소리쳤다. 왜 이러세요……. 덕분에 우리는 계속 맞아야 했다.

황당하고 시끄러운 상황이 일단락되고 나니 나를 포함한 아이들 모두 무릎을 꿇고 앉아 있었다. 우리 반에서 함께 불려 나간 둘은 울고 있었지만 나는 울지 않았다. 단지 지금 무슨 일이 일어나고 있는지 알고 싶을 뿐이었다. 그때 멀찌감치 떨어져 있던 선배 한 명이 우리 앞으로 다가왔다. 나머지 선배들은 옆으로 뒤로 서서히 물러났다. 우리 앞에 우뚝 선 그녀의 명찰에 곽현주라고 쓰여 있었다.

"집구석 가난한 년들 손들어."

어리둥절 서로를 쳐다보던 신입생들은 어찌할 바를 몰랐다.

"나중에 확인해서 들통나면 피곤해진다. 한 번씩만 말할 거야. 집구석 가난한 년 손들어."

나는 우리 집이 가난한지 아닌지 생각하다가 곽현주가 말하는 가난의 기준이 뭘까 생각하다가 때를 놓쳤다. 서너 명의 아이들이 손을 들고 있었다.

"몸에 칼빵이나 담배빵 있는 년들 손들어."

역시 몇 명의 아이들이 손을 들었고 한 번은 들어야 할 것 같아서 나도 슬그머니 손을 올렸다. 계속 버티는 건 두 명이었다. 둘 중 하나는 영화였다. 영화는 꿈쩍도 하지 않았다. 들키면 어쩌려고. 그때 곽현주가 영화 앞으로 가 섰다.

"남자하고 자 본 년 손들어."

나머지 한 명이 주섬주섬 손을 들었다. 영화만이 아직 한 번도 손을 들지 않았다. 곽현주는 영화를 주목했다. 웃으며 고개를 갸우뚱하던 그녀는 영화만 들으라는 듯이 말했다.

"애비 에미 없는 년 일어서."

그때 영화는 곽현주를 가만히 올려다보았고 다른 아이

들은 긴장된 표정으로 두 사람을 쳐다보았다. 미묘한 기 싸움이 십 초쯤 이어졌다. 승패가 불 보듯 빤한 싸움이었다. 머뭇거리던 영화는 자리에서 일어섰다. 곽현주는 일어선 영화의 얼굴을 두어 차례 가볍게 쳤다. 영화는 화가 난 듯 보였다. 슬퍼 보이기도 했다.

선배 무리 중 한 명이 말했다. 내일부터 매일 수업 끝나면 이곳으로 나오라고. 매일 때리겠다는 뜻인가? 이유는 말하지 않았다. 이유를 알고 싶었지만 묻지 못했다. 다른 아이들은 대답을 한 상태이거나 대답 안 하고 고개만 끄덕였다고 머리통을 한 대씩 얻어맞은 상황이었으므로 나는 가만히 대답만 했다. 네. 혼자 반기를 들만한 용기가 내겐 없었다. 그래서 오랜만에 화가 났다.

교실로 돌아왔을 때 아이들이 몰려와 두들겨 맞고 온 우리를 둘러쌌다. 질문이 쏟아졌다. 이제 입학한 지 보름밖에 안 된 신입생들에겐 커다란 이슈였다. 무슨 일이 있었느냐, 왜 불려간 거냐, 그들은 누구냐. 끝없는 질문에 우리 셋 중 아무도 대답을 하지 않았다. 한참 뒤에야 제일 많이 울었던 소라가 입을 열었다. 일명 불여우파라고. 쌍년들이라고. 일곱 살이나 많은 소라의 언니가 우리 학교 다닐 때도 불여우파는 있었다고 했다. 신입생이 들어오면 쓸만한 애들을 데려다가 테스트해 본 후에 합격한 애들은 불여우파가 되고 나머지 지질한 애들은 졸업할 때까지 그들에게 험한 꼴을 당한다는 얘기를 남 일처럼 말했다. 소라의 얘기를 듣던 어떤 애가 합격의 기준에 관해 질문했고, 이 개념 없는 질문에 소라는 이렇게 대답해 주었다. 일단 예뻐야 하고 악에 차 있어야 한다고. 일단 예뻐야 한다는 말이 황당한 위로가 되었지만 악에 차 있어야 한다는 말은 조금 어려웠다.

우리는 모두 발광하던 십 대. 악쓰고 할퀴고 자신을 못살게 굴어야 겨우 숨통이 트이는 나이였다. 부모나 선생에게 반항하고 그들의 폭력에 무감하며 마음대로 되지 않는 몸과 마음을 매일 날카로운 것들로 그어 항상 쓰라린 채 살아가는 애들이었다. 그래 봐야 어른들은 몰랐고 너무 뻔히 몰라서 우리는 그들이 하찮았다. 우리끼리 뭉쳐야 했다. 우리끼리 작당하고 우리끼리 위로하며 우리끼리 연대했다. 어른들은 그런 우리를 떼어놓으려고 하면서도 똑같은 재갈을 물리고 똑같은 채찍을 가하며 똑같은 미래의 청사진 속에 가두려고만 했다. 언제나 예측 가능했던 어른들의 태도는 잔꾀와 노련함을 키우는 데 밑거름이 되었다. 선량한 표정으로 고분고분 대답만 잘해도 멍청한 어른들은 채찍을 멈추고 회유했다.

무리에 집안 좋거나 성적이 우수한 애들 하나쯤 끼고 다니면 큰 탈이 없었다. 중요한 점은 집안 좋고 성적이 우수한 애들은 그리 많지 않았고 그런 애들은 또 그런 애들끼리 놀면서 뻔한 어른이 되어가고 있었다는 것이다. 말하자면 '우리'라는 건 그렇지 않은 다수의 아이였다. 똑같은 재갈을 물고 똑같은 채찍으로 고통받으며 연대할 무리를 찾는 아이들. 커터칼이 있는 아이와 없는 아이로 나뉠 뿐 우리의 속성은 모두 뾰족했다. 그러니 악에 차 있지 않은 애가 과연 있었을까.

쌍년들의 괴롭힘은 잦아졌다. 점심시간이 되면 느닷없이 우리를 호출하곤 했다. 이따금 주말에도 줄줄이 불려갔다. 신체적인 폭행은 생각보다 심하지 않았다. 우리에게 몸의 통증은 별 것 아니라는 걸 그들도 알고 있었을 것이다. 그것보다는 모욕, 수모, 멸시, 야유 등의 언어 학대를 지속했다. 가난한 집안 얘기가 나오는 것까지는 괜찮았다. 대부분 가난했고 우리의 잘못이 아니었으니까. 비루한 부모, 장애 있는 가족 얘기가 나오면 참지 못하는 애들이 있었다. 참을 수 없이 화가 나지만 인상을 쓰거나 작게 욕을 하거나 머리카락을 거칠게 쓸어 넘기는 행동이 전부였다. 그렇게 화의 발동이 걸린 애들이 쌍년들의 타깃이 되었다. 쌍년들은 그런 애들을 부추겼다. 엄마 욕에 욱하던 애한테는 더 심하게 엄마 욕을 했고, 장애 있는 동생 얘기에 욱하던 애한테는 더 끔찍하게 동생을 비하했다. 결국 참지 못한 애가 씨팔, 욕을 하며 쌍년들을 향해 돌진했다가 머리채 한 번 잡아보지 못한 채 구타당했다. 쌍년들이 원하는 게 그런 거였다. 참지 않고 덤비게 만드는 것. 피가 나도록 입술을 깨물거나 흙바닥에 머리를 박을 때까지 자존감을 무너뜨리는 것. 먼저 덤볐으니 뒷일은 알아서 감당하라는 것.

영화는 자주 쌍년들의 타깃이 되었다. 웬만해서는 흥분하거나 화를 내지 않는 성격인 영화는 딱 그런 성격 때문에 재미를 북돋웠다. 온갖 욕을 하고 자존심을 긁어도 흔들림 없는 영화의 평정심은 과녁 정중앙에 있는 십 점짜리 표적과 같았다. 쌍년들은 영화를 향해 끊임없이 활을 쏘았으나 빗나갔다. 곽현주는 영화를 흔들만한 카드를 이미 알고 있었다. 애비 에미 없는 년 일어서라고 했을 때 보았던 영화의 눈빛을 기억하고 있었을 것이다. 곽현주는 어디선가 화가 잔뜩 나서 화풀이 대상이 필요한 날에는 영화의 그 눈빛을 보고 싶어 했다. 악에 찬 눈빛을. 야생 짐승으로 돌변할 것 같은 표정을.

열일곱에 대한 기억은 엉망으로 남을 것임을 예감했다. 쌍년들이 졸업하기 전까지 내 여고 시절은 눈물과 핏빛으로 얼룩지리라는 걸 일찌감치 깨달았다. 그래서 즉시 포기했다. 진한 우정과 사랑, 행복한 추억이나 낭만 같은 것들을. 때로는 빠른 포기가 삶의 질을 높이기도 했다. 벗어날 수 있는지 없는지 판단하는 건 어렵지 않았다. 덤비거나 아니면 받아들이거나, 선택은 빠를수록 좋았다. 제일 나쁜 건 뭉그대는 것이었다. 영화가 그랬다. 들이받지도 못하면서 살기 띤 눈빛으로 쌍년들의 심기만 건드렸다. 한편으로 생각하면 우리 중에 영화만 용기를 내어 싸운 것 같기도 하다. 그런 영화와 아무도 연대하지 않았다. 나도 마찬가지였다. 쌍년들의 존재와 불리한 현실을 받아들인 나는 그 어느 시절보다 비겁한 인간이었다.

선배들의 졸업식이 있던 날이었다. 우리는 마지막으로 불려 나갔다. 불여우파의 인계 행사가 있었다. 저녁 8시. 장소는 여인숙이었다. 우리는 여인숙에 가본 적이 없었다. 뉴해방타운 사거리에서 비좁고 어두운 골목길을 몇 번이나 지나치고서야 겨우 찾았다. '해바라기' 여인숙. 사이딩 작업을 전혀 하지 않은 외벽 곳곳에 금이 가 있는 후진 건물이었다. 오래된 작은 간판에는 '기'라는 글자에 불이 들어오지 않아, '해바라' 여인숙으로 읽혔다. 그곳 주인아주머니는 불여우파와 잘 알고 지내는 사이인 것 같았다. 모두 교복을 입고 있으니 누가 봐도 미성년자인데 주인은 우리를 쳐다보지도 않고 들여보내 주었다.

안내실을 거쳐서 한 명이 올라가기에도 좁은 계단을 병아리처럼 줄지어 올라갔다. 2층으로 올라가 입구 문을 열자 여러 개의 방문이 밀집한 복도가 나왔다. 입구 옆에는 파란색 생수 말통을 뒤집어놓은 정수기가 있었는데, 코크에 암회색의 물때가 덕지덕지 들러붙어 있었다. 정수기 맞은편에 있는 화장실은 문이 열려 있었다. 지저분한 변기 옆에 수도꼭지, 그 아래에 세숫대야가 보였다. 장판은 여기저기 들뜨거나 찢어져서 황토색 테이프를 덧바른 곳이 많았다. 가뜩이나 너저분한 바닥에 손으로 쓴 안내문이 붙어 있었다. '반드시 신발을 들고 들어가시오' 신발을 신고 들어가도 될 것 같은 바닥이었지만 우리는 순서대로 신발을 벗었다. 각자의 신발을 들고 다시 줄줄이 걸었다. 복도 제일 끝 방으로 들어갔다.

방에는 졸업식을 마치고 온 남학교 학생들이 있었다. 알고 보니 불여우파는 독립적인 교내 조직이 아니었다. 우리는 선배들의 지시대로 벽에 등을 붙이고 일렬로 앉았다. 방안은 순식간에 담배 연기로 가득 찼다. 바로 눈앞의 사람도 구분하기 힘들 정도였다. 코와 목이 매워서 여기저기 기침을 해댔다. 그들은 우리를 앉혀 놓고 자기들끼리 놀았다. 수다를 떨면서 자지러지게 웃거나 욕과 욕을 주고받으며 고성을 쏟아내곤 했다. 혹시 가만히 있어야 하는 게 규칙인가 싶어서 우린 무릎을 꿇은 자세로 계속 가만히 있었다. 다리에 쥐가 나서 코에 침을 바르며 여러 번 엉덩이를 들썩여야 했다.

새로운 남학생 몇 명이 손에 봉지를 주렁주렁 매달고 들어왔다. 여러 명이 환호하며 봉지를 부렸다. 소주와 맥주, 담배와 과자 같은 것들이 나왔다. 치킨도 있었다. 치킨 냄새가 주린 배를 자극했지만 그것도 잠깐이었다. 그들은 방 바닥에 빙 둘러앉았다. 종이컵에 술을 따른 후 자기들끼리 건배를 했다. 졸업 축하해. 졸업을 하긴 하는구나. 겨우 중졸은 면했네. 그런 덕담들을 나누며. 작은 방 안은 담배 연기와 술 냄새와 덕담으로 채워졌다.

곽현주가 일어나 영화 앞으로 다가갔다. 나머지 선배들은 쌓여있는 이불이나 베개에 기대어 곽현주가 하는 짓을 관찰하고 있었다. 영화 앞에 퍼질러 앉은 곽현주는 영화에게 종이컵을 건넸다. 마실래? 영화가 종이컵을 받아들었고 곽현주는 컵에 소주를 따랐다. 영화는 그것을 단숨에 들이켰다. 선배들이 환호성을 질렀다. 곽현주는 다시 소주를 따랐다. 영화는 또 그것을 들이켰다. 곽현주가 세 번째 술을 따르면서 말했다.

"축하 안 해 줘?"

"축하드려요."

"뭘?"

"졸업?"

"말이 짧네?"

"……."

"너 일어서."

영화가 일어섰다.

"같이 갈 년 하나만 일어서."

곽현주가 우리 쪽을 둘러보며 말했지만 아무도 일어나지 않았다. 어디를 따라가야 하는 건지 정보가 없었다. 어딜 가지 않아도 우리는 충분히 무서웠다.

"한 년만 따라가면 나머지는 집에 간다."

그러니까 곽현주는 영화와 미래를 함께 도모할, 위험을 기꺼이 감수할 친구가 나오기를 기다리는 중이었다. 영화와 같은 반인 애들이 몇 있었으나 영화는 분명 반에서도 혼자일 터. 영화는 내심 내가 나서기를 기다릴지도 몰랐다. 갈등이 길었다. 영화와 내가, 우리가 얼마나 친한 사이인지 생각해보았다. 어디를 따라가서 무슨 고초를 겪을지 알 수 없는 상황에서 나는 그 한 년이 되어야 하는 걸까. 영화라면 어땠을까. 입장을 바꿔 보았을 때, 나는 일어서지 않을 수 없었다. 영화는 분명 고민하지 않고 나와 함께 했을 거라는 확신이 들었고 그 확신 때문에 오랫동안 망설인 사실이 부끄러웠다. 내가 일어서자 선배들의 환호성이 다시 들렸다. 곽현주가 내 쪽으로 다가왔다.

“김민정.”

“……”

“대답 안 해?”

“네.”

“진짜 따라갈 거야?”

내가 영화를 힐끗 쳐다보자 영화와 눈이 마주쳤다.

“네.”

“거기가 어딘 줄 알고? 너 쟤랑 친해?”

“네.”

곧이어 곽현주는 영화를 보며 목소리를 높였다.

“야! 너 얘랑 친해?”

“아니요.”

맙소사. 아니요? 영화는 망설임 없이 그렇게 대답했다. 우리가 얼마나 친하게 지냈는지 같은 중학교 다닌 애들은 다 알고 있었다. 사귄다는 소문이 있을 정도였다. 진짜 아니라고 생각하는 건지, 나를 위해 하는 말인지 진의를 알 수 없었다. 괜히 일어났나 싶기도 하고 좀 섭섭하기도 했다. 그냥 나의 우정과 의리에 고마워할 수는 없었던 걸까.

곽현주는 담배 연기를 내 얼굴에 길게 뿜었다가 앉아 있는 애들을 향해 말했다.

"의리 없는 년들."

영화와 내가 따라간 곳은 여인숙 지하였다. 지하가 있을
줄은 몰랐다. 여인숙 정문을 나와 건물을 왼쪽으로 돌자
아래로 내려가는 계단이 있었다. 벽에도 계단에도 불이 들
어오지 않는 지하는 그야말로 악마의 소굴 같았다. 우리는
양손으로 벽을 더듬으며 계단을 내려갔다. 어둠 속에서 라
이터 켜는 소리가 들렸다. 이윽고 촛불 세 개가 켜졌다. 곽
현주 무리와 영화의 얼굴이 보였고 서너 명의 남학생이 보
였다. 그들은 바닥에 널브러진 박스 위에 앉아 다리를 일
자로 길게 늘어뜨렸다. 이번에도 우리에게 뭘 하라는 지시
는 없어서 영화와 나는 멀뚱멀뚱 바라만 보았다.

남학생 중 한 명이 새까만 백팩을 열어 속에 있는 것을
꺼냈다. 부탄가스와 오공 본드가 나왔다. 검정 봉지도 한
뭉텅이 쏟아졌다. 한 사람이 빈 봉지를 탈탈 털었다. 속에
다가 본드를 짰다. 봉지 입구를 한 손으로 틀어막고 공중
에서 뱅뱅 돌리더니 입과 코에 대고 흡입했다. 다른 누군
가는 부탄가스 뚜껑을 따서 앞니 사이에 물었다. 앞니에

힘을 주자 가스 빠지는 소리가 들렸다. 가스는 가스통을 입에 물고 있는 사람 몸속으로 새어 들어갔지만 지하 전체에 고약한 냄새가 휘돌았다. 그 짓을 반복하던 그들은 곧 몽롱한 눈빛으로 실실거리며 웃었다. 곽현주는 가스 쪽이었다. 부탄가스를 입에 물고 가스가 입안으로 새어 들어가도록 앞니에 힘을 주었다. 우리에게도 저런 짓을 시킬까 봐 겁이 났다.

나는 영화를 쳐다보았다. 영화는 무표정한 얼굴이었다. 모두 환각에 빠져 있을 때 나직한 목소리로 영화에게 말을 걸었다.

"우리를 왜 여기에 데리고 왔을까? 당연히 저걸 시키겠지?"

"저런 거 한다고 안 죽어."

영화의 냉담한 대답에 약간 화가 났다. 내가 누구 때문에 여기 있는데! 화난 김에 따지고 싶었다.

"너, 아까 왜 안 친하다고 했어?"

"친한 게 뭔데?"

"우리는 중학교 때부터 비밀을 공유한 사이잖아."

유치하다는 듯 웃는 영화의 얼굴이 흔들리는 촛불의 역

광을 받아 해괴하게 번졌다.

"너 우리 아빠가 왜 죽었는지 알아?"

"아니. 말 안 해줬잖아."

"궁금하기는 했어? 그런 걸 알아야 친한 거야. 오바하지 마."

영화는 계단으로 가 앉았다. 다리를 꼰 상태로 가스와 본드를 흡입한 십 대들의 우스꽝스러운 일탈을 지켜보았다. 모든 경험이 낯설고 두려웠던 날이었지만, 제일 낯설었던 건 영화였다. 그날을 마지막으로 소라와 나는 붉은여우파에 불려가지 않았다. 영화는…… 모르겠다.

*

나는 스물아홉에 다시 부모 소속으로 편입한 지질한 인간이 되었다. 물론 백수였지만 진짜 백수처럼 뒹굴고 있어도 내 부모는 잔소리를 하지 않았다. 밥도 꼬박꼬박 주고 방에 보일러도 넣어주었다. 나는 내 부모가 이렇게 좋은 사람들이라는 걸 미처 몰랐던 것이 미안할 지경이었다. 학생도 직장인도 아닌 삶은 의외로 괜찮았다. 백수답게 티브이를 보는 시간이 늘었다. 요즘 세상에는 집구석에서 즐길 수 있는 게 너무 많았다. 텔레비전, 넷플릭스, 유튜브, 페북, 인스타. 특별히 비용을 들이지 않아도 오락과 유흥은 넘쳐났다. 다만, 뭘 해도 정신은 딴 데 팔려 있었다.

소라를 만나고 온 날부터 손목의 흉터가 다시 날 괴롭히기 시작했다. 손목을 만지작거리는 습관이 재발하면서 피부 트러블이 났다. 소매 끝을 끄집어내리는 버릇이나 시계가 없으면 불안한 심리도 거슬렸다. 이 흉터 때문에 연애도 망했고 오랜만에 만난 친구 앞에서 체면을 구겼다. 살면서 어떤 소리를 들어도 후회하지 않겠다고 다짐했는데. 지나온 시절마다 어쩔 수 없었던 사연이 있는 법이라고 생각했는데. 어쩌면 전부 가해자의 변명일 뿐인 걸까. 나는 나의 가해자였으니까.

타투라도 해.

소라의 말이 자꾸 떠올랐다. 흉터가 있는데 타투를 하는 게 가능할까? 아프지 않을까? 직업이 간호사인데 타투라니. 손톱 한 번 기른 적 없고 흔한 매니큐어 한 번 발라본 적 없는데 반영구적인 타투는 너무 위험하게 느껴졌다. 후회할 일을 만들고 싶지 않았다. 열네 살의 선택은 봐줄 수 있지만 스물아홉의 선택이 후회로 남아서는 안 될 일이다. 무엇보다 간호사에게 청결과 위생은 기본 중의 기본. 간호사는 언제나 환자가 신뢰하고 안심할 수 있는 상태여야 한다. 내가 유일하게 돌아갈 수 있는 직업이었다.

타투라니, 말도 안 돼.

타투를 했다가 영영 백수로 살게 될지도 모른다. 차라리 흉터를 없애는 레이저 시술을 알아볼까 하다가 그 또한 즉각 단념했다. 자해 흉터가 손목에만 있는 게 아니니까. 필통 속에 커터칼을 넣어 다닌 순간부터 내 몸은 이미 훼손되기 시작했던 것 같다.

*

커터칼은 학교에서 유일하게 소지가 허용되는 흉기였다. 중학생이 된 우리에게는 연필이나 색종이가 필요치 않았다. 연필을 깎거나 종이를 자를 일이 없는데도 커터칼은 늘 필통에 숨어 있었다. 학교에서는 무용지물이었다. 그것은 놀이터나 옥상, 부모가 없는 친구 집에서 주로 모습을 드러냈다. 나는 칼날이 한 칸씩 오르내릴 때마다 내는 소리가 좋았다. 날카로운 쇳소리. 파열 없는 완벽한 선율. 그 소리를 들으며 상상하는 모든 것들이 서늘하고 짜릿했다.

커터칼이 자해의 용도로 쓰이는지 아닌지 우리끼리는 알 수 있었다. 칼날이 얼마나 빨리 닳는지만 관찰하면 영락없었다. 자해하기 전에 무조건 칼날 한 칸을 잘라내어 물티슈로 닦아야 하고 살갗을 한 번이라도 긋고 나면 피 묻은 칼날을 잘라내어야 했다. 감염 예방을 위한 철칙이었다. 그것도 찜찜했던 일부의 아이들은 칼날을 소주에 담그거나 라이터로 달구기도 했다. 우리가 칼날에 신경 쓸 다른 이유는 없었다. 커터칼의 길이가 유난히 자주 짧아지는 아이들의 몸에는 십중팔구 피딱지가 있거나 제 살보다 피부색이 연해진 자해 흔적들이 있었다. 내 칼날도 점점 짧아지고 있었다. 나는 의심 받지 않기 위해 칼날이 절반쯤 없어지기 전에 새것으로 교체하고는 했다. 그러나 그렇게 굴린 잔머리까지 다 눈치채는 게 자해하는 아이들이었다.

흉터든 도구든 우리 사이에서 완벽하게 엄폐할 수 있는 건 아무것도 없었다.

영어 시간에 단체 체벌을 받았다. 단 세 명을 제외하고는 모두 숙제를 해오지 않았기 때문이다. 중요한 사실은 내가 숙제를 해온 세 명 안에 들었다는 거였다. 벌을 받는 내내 나는 억울했다. 억울했지만 이의를 제기하지도 못했다. 숙제를 해온 다른 두 명이 상황을 순순히 받아들였기 때문이었다. 혼자서 억울함에 맞서기엔 용기가 나지 않았다. 결국 나는 칭찬 받아도 모자랄 상황에서 나의 권리를 스스로 포기하고 말았다. 그게 너무 화가 났다. 화가 나서 두 주먹을 꽉 움켜쥔 상태로 몸과 마음을 부들부들 떨었다.

가족들이 모두 잠들었을 시간에 책상 앞에 앉았다. 가방에서 필통을 꺼냈다. 필통에서 커터칼을 꺼냈다. 커터칼의 마개를 빼내어 제일 앞쪽에 있는 칼날 한 칸을 잘라내었다. 매끈하고 날카로운 연장이 되었다. 처음이 아니라서 그런지 입안에 침이 고이지도 않았고 오줌이 마렵지도 않았다. 아는 고통이어서인지 긴장이 덜했다. 낯선 타격과 모르는 고통만이 일급의 두려움을 안긴다는 사실.

나는 발목을 택했다. 영화를 따라 하려는 건 아니었다. 아무래도 사람들 눈에 띄지 않는 부위를 택하는 게 옳았다. 왼쪽 발목 아킬레스건 주위를 물티슈로 닦아냈다. 칼날이 스쳐 갔다. 상처는 났지만 아프지도 피가 나지도 않았다. 아킬레스건이 손상될까 봐 걱정되어서 커터칼을 쥔 손에 힘이 들어가지 않았던 탓이다. 이 와중에 그런 걱정을 하다니 더 화가 나기 시작했다. 학교에서 부들부들 떨었던 심정을 되새기며 성난 입술을 내씹었다.

발목을 포기하고 상의를 벗었다. 왼쪽 팔뚝 안쪽을 물티슈로 닦아냈다. 그러게 숙제를 왜 했어! 팔한테 화를 내며 칼날을 훅 집어넣었다. 피가 흘렀지만 칼을 떼어내지 않았다. 그대로 약 오 센티 정도를 연속해서 그었다. 칼날이 지나간 자리에 주르륵 피가 솟았다. 피를 닦지 않고 계속 쳐다보았다. 화가 조금 가라앉았다. 살 것 같았다.

팔을 자주 사용하다 보니 통증은 오래갔다. 오래가서 좋았다. 통증이 계속되는 동안 자해하고 싶은 욕구가 생기지 않았다. 통증이 가라앉고 깨끗하게 딱지가 떨어진 후 완벽한 흉터가 될 때까지의 시간이 열네 살 나에게 유일한 숨통이었다. 영화가 자신의 흉터를 전부 공유하지 않는 것 같아서 나도 손목 이외의 흉터는 비밀에 부쳤다. 손목, 발목, 허벅지, 팔뚝. 네 군데의 흉측한 숨구멍을 남긴 채 나는 이듬해 자해를 끊었다.

＊

흉터를 안고 살자. 흉터가 분출하는 기억에 괴로워하며 살자. 스스로 벌주는 사람이 어른이라고 생각했던 그 시절의 김민정처럼.

생각은 그렇게 해놓고 관심은 타투에 쏠렸다. 길 가다 타투한 사람을 만나면 뚫어져라 쳐다보았다. 텔레비전에 타투한 연예인이 나오면 검색해 보기도 했다. 그들은 텔레비전에 나올 때마다 타투를 테이프로 가리고 나왔다. 왜 저럴까 싶었다. 뭘 가리고 싶은 걸까. 드러내고 싶은 마음은 없는 걸까. 흉터는 가리고 타투만 드러낼 수 있을까.

뮤지션 아담 리바인이 나오는 다큐멘터리를 보게 되었다. 그는 911테러가 발생한 후 생애 첫 타투를 새겼다고 했다. 테러에서 희생된 사람들을 추모하기 위함이었다. 그의 팔에는 꽃과 비둘기 모양의 타투가 있었다. 당시 나이

스물한 살이었다. 나는 아담 리바인의 타투 이야기에 넋이 나갔다. 일면식도 없는 사람들을 추모하기 위해 자신의 몸에 타투를 새기다니. 가족도 친구도 아닌 완벽한 타인을 평생 기억하고자 했다니. 겨우 스물한 살! 지금까지 느껴보지 못한 감동을 받았다. 사람에 대한 경모의 마음이 스멀스멀 올라왔다.

타투에 대한 관심이 봇물 터지듯 쏟아졌다. 인터넷을 뒤지기 시작했다. 수많은 정보가 구체적이어서 놀랐고 타투가 그렇게까지 대중화되었는지 몰랐기 때문에 다시 한번 놀랐다. 타투란 액세서리 같았다. 홍대 쪽에 주로 집중되어 있지만 서울 외곽이나 지방에서도 수많은 타투이스트가 활동 중이었다. 보건복지부에 등록된 타투 시술자는 무려 35만 명. 그런데 왜 나는 타투 숍을 본 적이 없을까. 불법이기 때문.

타투가 한국에서 불법인 이유는 의사들의 반대 때문이라고 했다. 타투가 의료 행위라고 주장하는 의사들의 입장을 생각해보았다. 간호사 입장에서 보았을 때 그건 아닌 것 같았다. 의료 행위란 치료의 의미다. 타투는 아파서 치료받는 행위가 아니다. 타투 인구는 수백 만에 이르지만 겨우 0.6%만이 합법적으로 시술하고 있었다. 그러니 불법적으로 성행할 수밖에.

합법화에 찬성하는 의사도 있었다. 그들은 비의료인을 대상으로 합법화할 수 없다면 간호사나 간호조무사까지라도 타투 자격을 확대해 나가면 된다고 주장했다. 의사들의 반대 이유가 감염의 우려라면 간호사나 간호조무사도 감염 관리를 충분히 할 수 있다는 말이었다. 나는 흥분하고 있었다. 그 주장이 받아들여진다면 간호사 면허가 있는 나도 타투이스트가 될 자격이 된다는 말이었다. 합법적으로! 그 직업에 관해서는 잘 모르지만 마치 면허가 하나 더 생길 것 같은 기분이 들었다.

나는 소라에게 연락해서 타투 숍을 알아봐 달라고 했다. 성질 급한 소라는 연락한 지 한 시간도 안 되어 답장을 주었다. 학교 선배가 추천한 타투이스트라고 했다. 하고 나면 꼭 보여달라는 말과 함께 명함 사진을 보내주었다.

타투이스트, 필립.

3부

내가 너의 슬픔이니?

1층은 분식집 '짱구 김밥'이었고, 2층 외관에는 '제로 머니'라는 간판이 붙어 있었다. 다시 주소를 확인했지만 내가 찾는 곳이 '제로 머니'가 맞았다. 2층으로 향하는 유리문 안쪽에는 불투명한 하얀 필름이 성의 없이 붙어 있었다. 애써 불법적 공간이라는 분위기를 풍기려는 의도는 아니겠지만 알고 온 내 눈에는 그렇게 느껴졌다. 2층으로 올라가는 마지막 계단에 발을 딛자 투박한 철제문이 열렸다. 안에서 나온 남자가 나를 내려다보며 물었다.

"김민정 씨?"

"아, 네."

나는 어색하게 미소를 머금은 채 남자를 관찰했다. 훤칠

한 키에 이제 곧 입대할 듯한 짤막한 헤어스타일. 잘 다듬어진 콧수염과 구제 스타일의 카고바지. 무엇보다 문고리를 붙잡고 있는 오른손이 눈에 띄었다. 손등을 타고 올라가는 채색된 문신에서 그가 타투이스트라는 걸 알아챘다. 내가 빤히 쳐다보자 그는 문을 활짝 열고 들어오라는 포즈를 취했다. 나는 남자를 지나쳐 안쪽으로 들어갔다.

겉보기와는 확연히 다른 세상이 펼쳐졌다. 나무 칸막이가 공간을 세 부분으로 가분리하고 있었고 분리된 공간의 입구에는 블라인드 커튼이 드리워져 있었다. 벽면에는 호랑이부터 원숭이, 토끼까지 여러 동물을 기괴하게 본뜬 문양의 판화들이 빼곡히 걸려 있었다. 화장실 앞에 있는 두 개의 수족관은 몇 초에 한 번씩 조명 색깔이 변했다. 크고 작은 마네키네코가 곳곳에서 내게 손을 흔들었다. 현관 옆에 매립된 모니터에는 네 개의 시시티브이 화면이 송출되고 있었다. 작지만 비밀스러운 공간에 호기심이 잔뜩 일었다.

"이쪽으로 앉으세요."

그의 안내에 따라 원탁 아래에 있는 의자를 빼냈다.

"간판에는 제로 머니라고 쓰여 있던데, 사채업 사무실인 줄 알고 겁먹었어요."

그는 다정한 얼굴로 명함을 건네주었다. 명함에는 '타투이스트, 필립'이라고 쓰여 있었다. 이미 사진으로 받았던 명함이었다.

"우리나라에서 타투는 불법이니까요. 떳떳하게 간판을 달 수 없거든요. 전에 있던 제로 머니는 사채업 맞아요."

"그것도 이것도 불법인 건 마찬가지네요."

설핏 웃던 남자가 여담은 끝내자는 듯 컴퓨터 앞으로 갔다.

"타투는 처음이라고 하셨죠?"

"네."

"혹시 원하는 레터링 문구가 있나요?"

"아니요."

"제가 가지고 있는 몇 가지 시안들을 보여드릴게요. 고르시는 동안 저는 커피를 만들게요."

모니터를 내 쪽으로 돌린 남자가 혹시 릴렉스가 필요하냐고 물었다. 심리적 안정을 위한 특별한 커피가 있는데 원한다면 서비스하겠다고 했다. 번역 투의 독특한 언어가 마음에 들었다. 나는 안정과 커피를 원한다고 말했다.

자세를 바로잡고 들여다본 모니터 속에는 새까만 바탕

에 회색 글자가 끝도 없이 이어졌다. 스크롤을 내릴 때마다 알 수 없는 문장과 그것을 괄호 속에 해석해 놓은 한글이 있었다. 알 수 없는 문장은 영어도 있었지만, 라틴어가 주를 이룬 것 같았다. Carpe diem이나 I can do it 같은 문장은 너무 유치했고, madness is genius에 한참을 머물렀다. 나도 아는 문장이었다. 메릴린 먼로가 남긴 말. '광기는 재능이다.'

릴렉스를 위한 커피를 내 앞에 내려놓은 그가 말했다.

"손목에 할 거라서 너무 길면 보기 싫어요."

그 말을 듣고 나서 De-aeseohsta라는 단어에서 머뭇거렸다. 괄호 속 해설을 보았다. 내가 나를 사랑하게 하는 주문. 단어를 입에 담아 발음해 보았다. 옆에서 지켜보던 남자는 평생 품고 살아야 하니까 천천히 고르라는 말을 남기고 어디론가 사라졌다. 스크롤을 더 내렸다. Obliviate. 이 단어를 보고 있을 때 남자가 담배 냄새를 몰고 돌아왔다.

"그 단어 새겨놓으면 예뻐요. 해리포터에서 나온 주문이라던데 들어보셨어요?"

"아니요. 지금 처음 봐요."

"원래는 기억을 잊는다는 뜻이래요. 근데 그걸 선택하신

분들은 주로 흉터 위에 커버업하는 경우였어요. 나쁜 기억 위에 좋은 기억을 얹는다는 뜻으로 해석하면서."

"좋네요. 사장님. 이걸로 할게요."

"필립이라고 불러주세요."

필립은 모니터의 방향을 제자리로 돌려놓고 내 쪽으로 몸을 틀었다. 그는 내게 손목을 보여달라고 말했다. 이런 순간의 망설임은 본능이었다. 나는 천천히 재킷부터 벗었다. 왼쪽 소맷단을 걷고 시계를 풀었다. 그에게 내미는 손끝이 떨렸다. 드러냄. 숨기고 싶었던 과거를 공식적으로, 들킴. 흉터를 통해 유추될 것이 뻔한 만행을. 어떤 쪽이든 부끄러울 수밖에 없지만 어떤 쪽으로든 직면해야 한다. 그래야 앞으로 나아갈 수 있다. 희망 앞에 때로는 용기가 필요하다는 걸 이제는 안다.

그가 손목을 살펴보았다. 누군가 내 흉터를 이렇게 자세히 들여다본 건 처음이었다. 열네 살의 내가 발가벗고 있는 기분이 들 만큼 민망했다. 민망한 마음이 후회는 아니었다. 그 시절의 우리에게 커터칼은 최선이었을지도 모르니까. 발가벗고 있는 내 손목을 뚫어지게 쳐다보는 낯선 남자의 얼굴. 가끔은 궁금했었다. 내 흉터를 본 타인들은 어떤 표정을 짓는지. 필립의 반응은 의외로 덤덤했다.

"상처 부위가 파편적이네요. 한 단어로 전부 가릴 수 있을 것 같진 않은데…… 가장 심하게 훼손된 부분은 가려질 것 같아요. 어차피 타투를 해놓으면 타투만 보여요. 타투 근처에 있는 상처들은 눈 밖이에요."

눈 밖. 이 남자는 어디서 살다가 왔을까.

"제가 선택한 게 흔한 글자는 아니겠죠?"

"흔하지는 않고 아주 오래전에 딱 한 번 작업했어요. 누군가를 지키기 위해 싸우다가 손목이 찢어진 남자였죠. 제 첫 고객이었어요."

"필립에게도 의미 있는 단어로군요."

"그런 셈이죠. 이걸로 작업 할까요?"

나는 가만히 고개를 끄덕였다. 작업 준비를 기다리는 동안 커피를 다 마시라고 권한 그는 커튼을 밀고 작업실로 들어갔다. 원래 포커페이스를 잘 유지하는 사람인지, 이런 상황을 자주 겪는 건지 알 수 없었지만, 표정 변화도 질문도 없는 게 어설픈 공감이나 위로보다 훨씬 좋았다.

기다리면서 다시 내부를 둘러보았다. 왠지 모르게 우울해졌다. 어항 속에서 물방울 터지는 소리가 들릴 만큼 고요한, 음악 소리는 너무 작아서 슬픈, 이 낯선 공간은 어째서 애수로 가득할까. 애수가 긴장으로 바뀐 건 프린터 기계가 작동하는 소리 때문이었다. 필립은 무언가를 들고나와 사부작거렸다. 잠시 후 다시 내 손목을 요구한 그가 손목 부분에 전사지를 붙였다. 떼어내니 보라색의 글자가 복사되었다. 포켓몬 스티커 같았다. 필립은 뭔가 마음에 안 들었는지 약물이 묻은 솜으로 글자를 닦아내고 다시 글자를 손목에 복사했다.

"어때요?"

나는 손목을 들여다보았다. 이대로 글자가 새겨진다면 흉터는 충분히 가려질 만했다.

"좋아요."

필립이 카디건을 벗었다. 반소매 티셔츠 아래로 모습을 드러낸 타투는 화가 잔뜩 난 괴물 형상으로 보이는데 눈알이 없어 해괴했다. 타투를 빤히 쳐다보는 내게 그가 말했다.

"이쪽은 드래곤이고 이건 다루마예요."

"다루마?"

"달마요. 눈알이 비어 있는 게 포인트예요."

"왜요? 징그럽게."

"목표나 소원 성취를 하면 그려 넣어요."

"특이하네요. 눈알을 그리기 위해서라도 열심히 살겠군요."

"꼭 그렇지는 않지만, 처음엔 그런 마음이 있죠."

당신의 달마는 왜 아직 눈알이 없느냐고 묻고 싶었다. 아무것도 성취하지 못했을까. 그가 내게 아무런 질문을 하지 않은 것처럼 나도 묻지 않았다. 그는 칸막이 한쪽의 커튼을 걷고 나를 은밀한 내부로 안내했다.

시술용 침대와 기다란 조명, 바퀴 달린 의자, 커다란 전신 거울이 있었다. 전면의 벽은 붙박이 선반이었는데, 알 수 없는 용도의 병과 상자로 가득했다. 선반 끄트머리에 빨간 화병이 눈에 띄었다. 새의 깃털 같은 게 꽂혀있었다. 공작새의 꼬리털이라는 설명이 들렸다.

"환우라고 하죠. 여름이면 어김없이 꼬리털이 빠진대요. 여름에 빠지고 겨울이면 다시 회복되고. 쉽게 사는 생명은 없는 것 같아요."

쉽게 사는 생명은 없다…… 혹시 내게 하고 싶은 말일까. 환우라. 여름에 꼬리털이 빠지고 겨울이면 새 꼬리털이 나는 공작새. 그러니까 매년 여름에는 상실을, 겨울에는 회복을 반복하는 운명. 반드시 회복된다는 사실을 깨닫는다면 반복되는 상실이 조금 덜 괴로울까. 아마도 그렇지는 않을 것이다. 겪어도 겪어도 아픈 게 있는 법이니까. 믿어도 믿어도 불안한 게 미래니까. 공작새에게는 지금이 겨울이라 다행이겠다. 다행이길 바란다.

"자, 이제 누울까요?"

"고작 손목에 하는데 눕기까지 해요?"

"네. 누워야 해요. 처음이니까 그게 안전해요."

나는 위생 비닐이 씌워진 침대 위에 드러누웠다. 약간 어지럽고 몽롱해지는 기분이었다. 시술용 조명이 켜지자 없었던 긴장이 심장을 타고 올라왔다. 그가 검은색 라텍스 장갑을 끼고 손목 부분의 고무줄을 튕길 때는 백만 가지 감정과 상념으로 혼란스러웠다.

놀이터에서 처음 자해를 했던 열네 살의 내가 보였다. 불안하고 위태로운 감정들이 커터칼을 만났을 때, 칼날과 살갗이 피로 얼룩졌을 때, 그제야 울화가 가라앉던 순간들. 왜 하필 자해였을까. 수학 문제를 풀면서 해소하는 친구도 있었고 만화나 게임에 빠져 욕구 불만을 위로하는 친구도 있었다. 운동을 하는 애도 더러 있었다. 차라리 치고 받고 싸우는 일로 화를 표출하는 애들도 있었던 것 같다. 나는 왜 자해였을까. 누군가를 해치고 싶었는데 그게 나였다면 나는 괴물이었을까. 내 몸을 연습 삼아 칼을 휘두르다가 결국 타인도 해칠 수 있지 않았을까. 글쎄. 그렇지는 않았을 것 같다. 나는 비겁했으니까. 용기가 없어서 늘 도망 다니거나 입을 다물었으니까. 내가 쥔 칼은 절대 바깥을 향할 수 없었을 것이다. 영화는 달랐을 텐데. 이제는 알 수 없는 영화의 마음. 물어볼걸. 살아있을 때 많이 알아둘걸. 사람이 매 순간 죽을 수 있다는 사실을, 늙지 않아도 죽을 수 있다는 사실을 누가 좀 알려줬으면 이런 후회는 없었을지도 모르는데.

필립이 기계에 바늘 같은 것을 꽂고 있었다. 내가 숱하게 만져왔던 주삿바늘은 아니었다. 그걸로 다시 상처를 내어 기존의 흉터를 덮는다고 그가 설명했다. 그렇지. 그래야겠지. 상처를 내어야 상처를 덮을 수 있겠지. 이 순간이 지나면 내 안에서 날 원망하며 움츠리고 있던 열네 살의 아이는 사라질까? 그 아이가 나를 용서해 줄까? 어쩌면 덧날지도 모른다. 결과를 알 수 없고 통증도 예측할 수 없을 때

두려움은 깊숙하게 파고든다. 실제로 눈앞이 몽롱해지는 느낌도 들었다. 곧 꿈이라도 꿀 것처럼.

"아플까요?"

"조금요."

"피가 날까요?"

"피가 나죠."

"……"

"왜요, 무서워요?"

"모르겠어요. 좀 슬퍼요."

"울어도 돼요. 아파서든, 슬퍼서든."

"……"

울어도 된대.

누군가 고운 음성으로 필립의 말을 되감았다.

울어도 된대.

시선을 아래로 내려보니 빈 의자에 누가 앉아 있었다. 암암하게 피어나는 얼굴. 한쪽 팔을 필립에게 맡긴 채 누워있는 나를 향해 방긋 미소 짓는 사람. 영화였다.

울어도 된다는 말 들어봤어?

영화가 물었다. 마치 어제 만난 사이처럼 자연스럽게.

아니.

자신도 들어본 적 없다고 영화는 말했다.

그 쉬운 말을 왜 아무도 해주지 않았을까?

너무 다정한 말이라서 그런 게 아닐까? 다정하면 부끄러웠잖아. 우린 그랬잖아.

영화와 그런 대화들을 이어가고 있을 때 시끄러운 기계 소리와 함께 손목에 날카로운 통증이 왔다. 고개를 돌려보니 새까만 머신건이 내 손목 위에 상처를 내고 있었다. 참을만한 통증이었는데 눈물이 났다. 영화가 말했다.

민정아. 울어. 아프면 울어도 된대. 우린 울면 지는 건 줄 알았잖아. 울어도 되는 걸 몰라서 우릴 너무 아프게 했어.

그래, 피는 봐도 눈물은 못 봤지.

이제부터 울자. 울어야 살아. 민정아.

울어야 한다고 말하면서 영화는 웃고 있다. 살아있을 때는 보지 못했던 해맑고 또렷한 미소. 눈물이 볼을 타고 귓바퀴로 떠내려갔다. 너도 울어버리고 말지 왜 죽었냐고 묻고 싶었다. 나쁜 년. 독한 년. 혓바닥이 마음에 없는 말들을 갖고 놀았다. 덕지덕지 말라붙었던 그리움도 수분을 가득 머금어 곰팡이처럼 커지고 있었다. 막상 울기 시작하니 울음이 그쳐지지 않았다. 사실은 너무 울고 싶었다. 울고 싶을 때마다 나는 울 자격도 없다는 생각마저 들어서 마음 놓고 울지도 못했다. 영화와 얘기하고 싶은데 눈물만 계속 흘렀다. 조명 아래 두 눈을 질끈 감고 하염없이, 하염없이. 다시 눈을 떴을 때는 열네 살의 내가 나를 내려다보고 있었다.

그때 내가 얼마나 아팠는지 알아? 피를 보는 게 얼마나 두려웠는데!

그 애가 나를 원망했다. 나는 변명하지 않았다.

미안해……

세상에서 가장 믿을 수 있는 사람이 자기 자신인데, 어떻게 그래?

잘못했어…… 정말 미안해……

십오 년만의 사과는 그 애를 다시 웃게 했다. 열네 살의 내가 웃고 있었다. 생소했다.

웃음은 용서를 의미할까? 그렇게 생각해도 될까?

누가 웃었는데?

열네 살의 김민정이.

그 애는 원래 잘 웃었어. 몰랐니?

아니야. 그 애는 웃는 걸 싫어했어.

민정아. 그 애는 잘 웃고 항상 다정했어. 너만 몰랐던 거야. 그 애를 괴롭혔던 기억 때문에 넌 그 애를 오해하고 있었어. 다시는 미워하지 마.

고개를 돌려 영화를 바라보았다. 영화도 열네 살의 김민정처럼 웃고 있다. 한편 쓸쓸하게 보였지만 웃는 얼굴이 분명했다. 얼마나 허망하게 보내버린 얼굴이었나. 영화야. 배영화! 얼마나 부르고 싶었던 이름이었나. 내가 영화의 이름을 부르면서 몸을 다소간 움찔거렸더니 필립은 그때마다 내 몸에서 손을 떼고 잠시 기계를 멈추었다. 움직이지 말라는 경고는 하지 않았다. 그저 자신의 작업을 멈춤으로써 울어도 된다고 했던 말에 책임지는 느낌이랄까. 그의 멈춤은 익숙해 보였다. 배려심이 깊은 사람이구나. 얼마나 많은 사람이 울다 간 걸까. 그는 잠깐씩 멈췄다가 곰작곰작 작업을 이어갔다.

예전에요, 다시 멈춘 그가 말했다.

"한쪽 다리를 잃은 사람이 있었어요. 오토바이 사고로 오른쪽 무릎 아래를 잘라냈죠. 거기에 타투를 하겠다는 거예요. 무릎 아래, 뭉텅해진 부위에…… 어떤 타투를 했을까요?"

필립이 뱉는 문장들이 마치 손상된 스피커에서 흘러나오는 것 같았다. 흐릿하게 들렸지만 나름대로 정답을 헤아려 보았다. 발가락 타투! 대답은 영화가 먼저 했지만, 필립은 듣지 못하는 것 같았다. 나는 다르게 대답했다. 국화?

필립은 건조하게 정답을 말해주었다.

"오토바이를 그려달라고 했어요."

"맙소사!"

그 사람 진짜 멋지다!

영화가 감동한 표정으로 말했다. 갑자기 내가 하고 있는 타투가 초라하고 민망하게 느껴졌다. 심지어 울기까지 했으니까.

나 이제 안 울래.

그래, 오늘은 그만 울어. 너에겐 아직 세 군데의 흉터가 남아있으니까.

세 군데? 어떻게 알았어? 죽으면 다 알게 되는 거야?

너도 죽어 봐. 지겹도록 살다가.

장난스럽게 웃는 영화의 얼굴이 깜빡거리더니 점점 분해되었다. 나는 영화를 부르지 않았다. 머신 소리만이 빈 공간을 부지런히 채우고 있었다.

첫 타투는 생각보다 만족스러웠다. 사람들에게 손목을 보여도 거리낌이 없었고 덕분에 시계라는 족쇄에서 벗어날 수 있었다. 내 손목을 본 사람들은 레터링의 의미만을 묻곤 했다. 자세히 보면 타투로 덮지 못한 하얀 흉터를 맨눈으로 확인할 수 있었지만 그걸 발견하는 사람은 없었다. 왜 타투를 했는지 아무도 묻지 않았다. 부위가 왜 하필 손목인지 묻는 사람도 없었다. 열네 살의 내가 만든 흉터는 고작 해리포터에 나오는 한 글자에 감쪽같이 숨었다. 그 시절의 부채감도 함께 사라졌다. 낯선 감정은 적이라 치부했던 시절에서 벗어난 걸까. 작고 소중한 희열이었다.

내게도 사연이 있듯이 타투를 입힌 사람 모두 저마다의 스토리가 있다고 필립이 말했다. 오토바이 사고로 잘린 다리에 오토바이 타투를 했다는 사람이 떠올랐다. 삶에 대한 강한 의지가 아니었을까. 원망보다는 용서를 택한 건지도 모른다. 그렇다면 내게는 어떤 의미일까. 원망은 가해자의 몫이 아니다. 내겐 용서할 자격도 없다. 그래도 된다면, 위로를 하고 싶었던 것 같다. 열네 살의 나에게 던지는 위로.

삶이 불량한 사람들만 하는 게 타투인 줄 알았다. 타투라는 말로 그럭저럭 과오를 세탁하는 듯한 느낌이 들었던,

그래서 누군가 타투 얘기를 하면 문신이라는 단어로 교정해 주었던 사람이 바로 나였다. 문신이라면 조직 폭력배나 뒷골목 부랑자들만 떠올랐고 남들도 그렇게 생각하기를 바랐다. 내가 생각하는 가치를 보편적 정의로 만들고 싶었던 인간. 못된, 아주 못된. 어디서 시작됐는지 모르겠지만, 서른을 목전에 두고서야 그 작은 편견과 옹졸함에서 벗어났다. 그것도 내가 직접 겪고 나서야 비로소. 말하자면 나도 누군가의 편견 속에 포함된 사람이 되고서야 마음이 바뀐 것이다.

　남은 흉터는 세 개.

　오른쪽 허벅지 흉터는 아주 옅어졌다. 낮에는 막내 이모와 엄마가 싸우고 밤에는 아빠와 엄마가 싸웠던 날, 삼겹살을 배불리 먹었던 밤에 손상된 허벅지. 물론 그들 잘못이라고 할 수는 없다. 자해는 명백히 스스로 선택하고 혼자 저지른 만행이었다. 그러나 흉터가 생길 때마다 어떤 사건들이 일어났던 것은 사실이다. 견딜 수 없거나 어쩔 수 없는 상태에 놓였던 열네 살 소녀에게 다른 방법은 없었으니까. 온전히 내 탓이라고 단정하기에는 억울한 부분이 많다. 그저, 그 시절에는 그럴 수밖에 없었다는 말이 변명으로 들리지 않았으면 좋겠다.

왼쪽 팔뚝에 기찻길처럼 기다란 흉터가 보인다. 흐른 세월 동안 상처를 관리하지 않아서 변색마저 되었다. 볼썽사납다. 이것 때문에 소매 없는 옷을 입어본 적이 없다. 아킬레스건 옆에 난 조그마한 흉터는 자해의 흔적으로 보이지는 않는다. 달리기를 하거나 자전거를 타다가 넘어져서 생긴 자연스러운 상처 같다. 그래도 예쁜 타투를 입혀주고 싶다. 아무도 알아보지 못하겠지만 상관없다. 내가 기억하고 내가 볼 거니까. 나는 세 군데 모두 타투를 입히기로 마음먹었다.

필립을 다시 만난 건 두 달쯤 뒤였다. 그는 타투 숍 건물 계단에서 담배를 피우고 있었고 나는 계단을 오르면서 거울을 들여다보고 있었다. 예약 시간보다 좀 일찍 가는 바람에 그런 모습으로 마주쳤다. 나를 발견한 필립은 서둘러 담배를 껐다. 이제 막 불을 붙인 것 같았는데 일찍 온 게 미안해져 버렸다.

"왜 끄세요. 괜찮은데."

"고객을 이렇게 맞이하면 못쓰죠. 실례였습니다."

그는 여전히 예의 바르고 정중했다. 필립의 태도를 보며 내게 선입견이 많았다는 사실을 알게 되었다. 타투이스트. 일반적이지 않은 직업. 어쩌면 무서울지도 모를. 혹은 괴물 같을까. 타투이스트는 개방적이거나 자유분방함은 기본이고 비도덕과 비윤리, 나아가 타락과도 친할 거라 생각했다. 타투 숍에서 담배 피우는 것 정도야 너무나 자연스럽게 느껴지는데 그런 말을 할 줄은 몰라서, 전반적으로 그에게 미안해서 나는 멋쩍게 미소 지었다. 필립은 오히려 내게 되물었다.

"혹시 하시면 여기서 편하게 하세요."

"아, 담배요? 저는 안 피워요."

"그렇다면 더욱 실례였네요."

계단에서 자꾸 사과하던 그가 문을 열어주었다. 신발을 벗고 슬리퍼로 갈아신었다. 두 번째 방문. 익숙한 실내. 처음 왔던 때와는 다른 분위기가 느껴졌다. 기괴하고 음산하게 느껴졌던 인테리어에서 예술적인 감각이 보였다. 최근 들어 멋지 않는 마음의 변화를 뭐라고 설명해야 할까. 편견이 사라졌으니 보는 눈도 달라졌다고 이해할 수밖에.

"이번에는 팔뚝에 하신다고요?"

"네."

"레터링은 정하셨나요?"

"아니요."

"이번에도 샘플을 보시겠어요? 저는 릴렉스 커피를 가져올게요."

필립은 모니터를 내 쪽으로 돌려주고 자리를 떴다. 그가 문득 사라지는 상황도 익숙해졌다. 나는 스크롤을 내리며 모니터에 코를 박고 고심했다. 이번에는 흉터의 길이가 긴 편이라서 단어보다는 문장으로 선택해야 할 것 같았다. 화면을 가득 채운 문장들. 너무 많은 샘플. 무엇을 선택해야 할지 감이 오지 않을 무렵, 필립이 커피를 가져다주었다. 나는 커피를 마시며 그에게 물었다.

"사람들은 주로 어떤 의미를 새기나요?"

"영원히 기억하고 싶은 것들이죠. 사랑하는 사람이나 반려견, 자신의 철학일 수도 있고."

"단순히 겉멋으로 하는 건 아니군요."

"멋이기도 하죠. 타투는 영원한 멋을 입는 작업이기도 해요."

필립의 말을 듣고 보니 나는 아무 생각 없이 흉터를 커버하기 위한 목적이었던 것 같아서 조금 부끄러웠다. 영원한 멋이라. 어쩌면 맞는 말 같았다. 나는 이제 시계를 차지 않고도 마치 무언가를 찬 것처럼 손목을 오픈하니까. 이따금 타투가 예쁘다는 말에 기분이 좋아지기도 했으니까.

"레터링과 함께 문양을 넣고 싶어요. 자유로운 생명체 같은."

"갑자기요? 음. 타투는 충분히 숙고하셔야 해요. 평생 남을 거니까요."

"당신을 신뢰하는 거로 안 될까요?"

갑자기 필립의 표정이 경직되었다. 처음에는 놀라서 그런 줄 알았는데 알고 보니 감동한 거였다. 그는 어떤 순간적인 감정 앞에서 매번 멈추는 사람인 것 같았다. 첫 타투를 하면서 내가 울 때마다 머신 작동을 멈춰주었듯이. 그의 배려 덕분에 영화를 만날 수 있었는지도 모른다. 요술 커피와 함께.

"근데, 이 커피는 무슨 커피이길래 특별해요?"

"약간의 마취 효과가 있어요. 사람마다 느끼는 정도는 다르고요. 제가 볼 때 민정 님한테는 효과가 좋은 것 같아요. 혹시 카페인이나 알코올에 약하세요?"

"네. 술을 거의 마시지 않아요. 중독될까 봐 겁나서. 담배는 피워 봤는데 그것도 몸이 힘들더라고요."

"다 안 해도 되는 것들이에요. 아마 몸이 깨끗한 상태여서 커피 효과가 좋은 것 같네요. 많이 드시지 마세요. 사람에 따라 다르지만 두 잔 이상 마시면 환각이나 환청이 올 수 있어요. 그런 의도로 마시는 사람도 있기 때문에 수입이 불법이에요."

설마 마약 같은 건가?

"그렇다고 마약류는 아니고요. 타투가 불법이듯이 이것도 식품으로는 수입이 불법이에요. 우리나라만."

여기는 뭐든 불법이구나, 생각했을 때 여고 시절이 떠올랐다. 해바라기 여인숙에서 환각에 취해 침까지 흘리던 선배들의 모습이. 아마 평생 잊히지 않을 장면이었다. 그런 장면 말고 너무 따뜻해서 잊고 싶지 않은 기억이 내게 있을까. 혹은 잊지 말아야 할 것이라든가. 그런 게 있는지 모르겠다. 삶이 이끄는 대로, 타고난 대로 살아왔다고 생각했었다. 그래서 때론 억울하기도 했다. 사실은 모든 삶이 내가 이끈 결과였음을 인정하기 싫었는지도 모른다. 열네 살의 자해도, 영화와 친하게 지낸 것도, 불여우파에서 벗어나지 못한 것도, 간호사가 된 것도, 타투를 하러 온 것도. 내가 이끌지 않은 기억은 영화의 자살이 유일했다.

자꾸만 생각이 저 멀리 깊숙한 미로를 헤매다가 돌아오곤 한다. 타투를 알고 난 후 생긴 습관이다. 젖은 생각을 짜내느라 어느새 커피가 식어버리는 일도 자주 겪는다. 식은 커피를 단숨에 마시고 한 잔 더 부탁했다. 필립은 괜찮겠냐고 물었지만 내 대답을 기다리지는 않았다. 그 사이, 샘플 레터링을 읽으며 고민하던 중에 익숙한 문장이 눈에 들어왔다.

Not all those who wander are lost.

이 문장을 어디서 봤더라…… 그래! 생각났다. 영화의 화구 가방 속에 든 그림. 그중 하나에 이 문장이 들어있었다. 문장이 있던 그림은 웃고 있는 여자의 얼굴이었다. 처음에는 그 얼굴이 영화의 자화상이라고 생각했었는데 시간이 갈수록 내가 아닐까 하는 생각이 들었다. 몇 번 더 보았을 때는 여자의 얼굴이 너무 예쁘다는 생각이 들어서 혹시 곽현주가 아닐까 추측하기도 했다. 영화이거나 나이거나 곽현주이거나. 이상하게 만나서 이상하게 헤어진 세 사람. 우리는 모두 방황하던 시절에 만났고 방황이 끝나기도 전에 헤어졌다. 죽음과 실종과 도망.

셋 중 누구도 아니라면, 어쩌면 영화가 미술 선생에게 성추행을 당했을 무렵 그렸던 것일지도 모른다. 웃는 얼굴을 그릴 때는 영화의 마음이 생글했을까. 그즈음 영화는 길을 찾았었다. 화가가 되려고 했었다. 그래서 밤낮없이 그림을 그렸는데 겨우 길을 찾았다가 영원히 길을 잃고 말았다. 방황하는 모든 이가 길을 잃은 것은 아니다…… 이 문장을 몸에 새기면 영화가 좋아할까? 영화와 늘 함께 있는 것처럼 느껴질까?

커피를 가져온 필립이 드래그된 문장을 쳐다보았다.

"글씨체를 좀 바꾸면 예쁘겠네요. 길이도 적당하고."

"괜찮을까요?"

"본인에게 의미가 있다면 어떤 것이든 괜찮아요."

나는 새 커피를 한 모금 머금고 다시 문장을 쳐다보았다.

"이걸로 할게요."

릴렉스 커피를 두 잔이나 마셔서 그런지 정신이 심하게 흐려지는 것 같았다. 필립은 작업 준비를 위해 또 어딘가로 사라졌고 나는 스피커에서 흘러나오던 음악 장르가 바꿨었다는 걸 인지했다. 올드 팝에서 김광석 노래로. 의자에서 일어나려다가 살짝 휘청거렸다. 필립의 안내나 지시를 받지 않은 채 혼자 비슬비슬 벽을 더듬어 작업실로 들어갔다. 일회용 시트가 깔린 시술용 침대에 누웠다. 필립이 뒤따라 들어왔다. 머리 위로 LED 조명이 켜졌다. 눈이 부셔서 눈을 뜰 수 없었다. 김광석 목소리는 아득해지고 영화 목소리가 들렸다.

민정아. 이 노래 기억나?

나는 음악에 가만히 귀를 기울였다. 분명 어디서 들었던 곡인데 기억나지 않았다.

우리가 이런 노래를 함께 들었니?

기억나지 않으면 기억하려고 애쓰지 마. 모든 걸 기억하면서 살 필요는 없어.

싫어. 나는 너와의 모든 걸 기억할 거야. 그리고 훗날 널 알아볼 거야.

민정아.

응.

김민정.

왜!

내가 너의 슬픔이니?

......

다른 의미일 수는 없을까?

죽었잖아! 슬픔 아니면 다른 뭐가 될 수 있겠어. 나쁜 년. 그것까지 바라는 거야?

김민정! 우린 달랐잖아. 나는 슬픔으로 남고 싶지 않아.

네가 내 슬픔이 아니게 되면 날 찾아오지 않을 작정이야?

나는 네 몸에 새겨질 거야. 걱정하지 마. 우린 늘 함께할 테니.

영화야.

......

배영화!

기계 소리가 멈추자 영화는 사라졌다. 아무리 불러도 다시 나타나지 않았다. 죽어서도 이기적인 년.

영화는 나의 슬픔일까. 그 시절 우리는 무엇이었을까. 내게 영화는 분명 절친이었지만 영화에게 나는 없어도 그만인 친구 아니었나? 그때 분명히 친한 친구가 아니라고 말했던 것 같은데. 너무나 당당하게 넌 그렇게 말했었는데. 언제부터 넌 나의 슬픔이 되었을까. 죽어서? 죽은 사람은 다 슬픔인가. 아닐 수도 있는 걸까. 모르겠다.

　필립이 조명을 끄고 자리에서 일어났다. 몸을 일으키려고 애쓰는 내 상체를 그가 뒤에서 조금 받쳐 주었다. 휘청거리며 슬리퍼를 신었다. 전신 거울 앞에 섰더니 필립이 작은 거울로 팔 뒤쪽을 비춰주었다. 파란색 나비 모양의 타투 그림이 보이고 그 아래로 레터링이 일자로 내려왔다. 마치 팔에 스타킹을 입힌 느낌. 앞에서는 보이지 않는 타투. 마음에 들었다. 이것을 보려고 나는 내 뒷모습을 자주 보게 되겠지. 도대체 이 부위에 어떻게 자해를 했던 것일까. 정말 가지가지 했구나, 생각하다가 말았다. 그 덕분에 예쁜 타투가 생겼으니 아무렴 어때. 거울을 들고 있던 필립은 내 반응을 기다리는 모양이었다. 약간 긴장한 듯한 그의 목소리.

　"어때요? 괜찮아요?"

　"괜찮냐구요? 완벽해요!"

　필립의 표정이 편안하게 풀렸다. 그는 거울을 내려놓고 시술한 부위에 래핑을 해주었다. 지난번에 했던 주의사항을 다시 들먹였다. 술, 담배 금지. 사우나 금지. 연고 규칙적으로 바르기 등. 이번에는 색을 입혔으니 이 주 정도는 관리 잘하라는 당부를 추가했다.

첫 타투도 두 번째 타투도 제일 먼저 본 사람은 소라였다. 손목 타투를 봤을 때 소라는 당장 울 것 같은 표정으로 예쁘다는 말을 연발했다. 자기 덕분이라는 공치사도 빼먹지 않았다. 팔뚝의 나비를 본 소라는 그때보다 더 호들갑을 떨었다.

"야. 나도 해야겠어! 이건 진짜 황홀하다."

"똑같은 걸 하는 바보가 어딨어. 너는 너만의 타투를 해야지."

"싫어. 나비 좋아. 나도 나비 할래."

"다음부터 안 보여줄 거야."

누군가 나와 같은 옷만 입어도 짜증 나는데 같은 타투를 하겠다니. 앞으로는 진짜 보여주고 싶지 않았다. 나는 진지했지만 소라는 장난으로 받아들이는 것 같았다. 항상 그런 애였으니까.

내 손톱은 지난번에 핑크를 지우고 초록을 했다가 다시 빨강이 되어있는 상태였다. 처음 네일을 했을 때는 어색했는데 이것도 중독되는 모양이었다. 아무 색깔도 입히지 않으면 손이 추워 보였다. 그래서 매달 소라를 찾아온다. 세상에 중독되지 않는 게 있을까. 소라가 분홍색 코트를 걸

치며 말했다.

"우리 밥 먹고 하자. 예약이 많아서 밥도 못 먹었어."

"점심 얘기하는 거야?"

시계를 보니 오후 4시. 애매한 시간이었지만 소라는 점심을 나는 저녁을 먹기 위해 밥집을 찾아 나섰다.

닭갈비 집. 허름하고 좁은 가게 안에는 한 테이블에만 손님이 있었다. 건장한 청년 두 사람은 허겁지겁 닭갈비를 먹어치우는 중이었다. 그들과 멀찍이 떨어진 테이블에 자리를 잡았다. 소라는 닭갈비 2인분을 주문하면서 카운터 옆에 걸린 앞치마 두 개를 가지고 왔다. 나는 코트를 벗고 앞치마를 둘렀다.

주인아주머니가 양손에 주걱을 들고 와서 닭갈비를 볶아주었다. 오랜만에 왔네? 소라와 주인은 아는 사이인 것 같았다. 두 사람이 나른한 인사를 하는 동안 옆 테이블이 소란스러워졌다. 식사를 하던 두 청년과 종업원 사이에 시비가 붙은 모양이었다. 큰 싸움은 아니었다. 잠시 후 손님들은 계산까지 마친 후 밖으로 나갔다. 내 신경을 거슬리게 한 건 종업원과 주인의 대화였다. 주인은 우리 테이블에서 주걱을 휘두르며, 종업원은 청년들의 테이블을 치우며 주고받는 원거리 대화.

"아는 애들 같은데 왜 그래?"

"분명히 볶음밥 3인분이었는데 2인분 시켰다고 우기잖아요."

"둘이서 2인분? 덩치가 크던데."

"그러니까요. 누굴 바보로 아나. 거지새끼들."

"주문 확인해 봤어?"

"지금 저를 의심하시는 거예요? 저런 문신충 때문에?"

"아니. 그게 아니고…… 뭐 하는 애들인데 문신충이야?"

"트레이너예요. 헬스장."

"저렇게 덩치도 큰데 문신까지 있으면 무섭겠는데?"

"요즘 그런 애들 많아요. 관종들. 문신충. 좆밥이라 그래요."

종업원 입에서 나온 문신충이라는 단어가 내 귀에 콕 박혔을 때 소라와 나는 눈이 마주쳤다. 소라는 젓가락을 들고 괜히 샐러드 접시만 휘저었다. 마치 지금 내 마음이 상해야 옳은 것처럼. 소라 표정을 보자 몸이 가려웠다. 나도 모르게 왼쪽 소매 끝을 잡아당기고 있었다. 맛있게 먹으라는 말을 남기고 주인은 사라졌지만, 입맛이 뚝 떨어져 버렸다. 커다란 프라이팬이 붉게 물들어 있었다. 뜨거운 닭갈비 위로 더 뜨거운 것들이 스멀스멀 올라와 내 심장을 덮쳤다.

피를 보고 살 운명이야! 바늘이나 칼을 들어야 해!

나는 네 몸에 새겨질 거야. 걱정하지 마. 늘 함께할 테니.

관종들. 문신충. 좆밥.

네일 숍에 돌아와서 소라가 주는 커피를 마셨다. 소라는 아까 닭갈비 집에 있던 청년들을 안다고 했다. 그들이 근무하는 헬스장에 다닌 적이 있다고 했다. 성실하고 친절한 애들이라고 했다. 덩치 때문에 오해받고 문신 때문에 오해받고 늘 오해받고 살아서 더 착하게 사는 애들이라고. 그러거나 말거나 전혀 관심 없었다. 그들에 관해서 아무것도 궁금하지 않았다. 마치 타인의 사연을 끌어들여 날 위로하는 듯한 소라의 태도가 거슬릴 뿐. 내 머릿속에는 아까 소매 끝을 끌어내리던 내 모습만 빙빙 맴돌았다. 여전히 당당하지 못한 이유가 무엇인지. 앞으로도 손목을 가리고 살게 될지. 그렇다면 타투를 왜 한 건지. 나는 문신충인지. 좆밥인지.

"무슨 생각하는 거야? 계속 기분이 안 좋아?"

"그냥. 너무 충동적인 생각은 아닐까 하는 충동적인 생각."

"무슨 말이야? 말이야 방귀야."

소라는 키득거리며 네일 작업을 준비했다.

"있잖아, 소라야."

"응. 말해."

"나…… 타투이스트 되면 어떨까?"

"대박! 진심이야?"

"방금 얘기했잖아. 충동적인 생각은 아닐까 하는 충동적인 생각이라고."

"괜찮을 것 같은데? 너 섬세하잖아. 혼자 잘 놀고."

"그런 건 상관없어. 타투이스트는 직업이야."

"간호사 아깝지 않겠어? 하긴, 망해도 어릴 때 망해야 다시 돌아가지."

소라는 말을 꼭 그런 식으로 하는 애였다. 그런 식으로 말해도 나쁜 의도가 없다는 건 알고 있지만 일단 듣기 좋은 표현은 아니었다. 이렇게 예쁜 것들을 보고 사는 애가 말은 왜 예쁘게 못 할까. 내 표정이 곱지 않은 걸 느낀 소라가 정정했다.

"언제든지 복귀할 수 있는 전문직 면허가 있는 게 부럽다는 얘기야."

눈치는 빨라서 다행이었다.

그런데 소라 말은 틀렸다. 나는 간호사로 돌아갈 마음이 완전히 사라졌다. 내 적성도 모르고 선택한 일이었다. 마음을 붙여보려고 해도 잘되지 않았다. 아픈 사람들만 보는 것도 괴로웠다. 나는 창의적인 일을 하고 싶다. 피를 봐도 창의적으로 보고 싶다. 이왕이면 오해로 상처받은 사람들이나 기억으로 힘들어하는 사람들을 돕는 일. 어쩌면 내가 백수 상태일 때 타투를 접하게 된 건 운명일지도 모른다는 생각이 들었다. 물론, 충동적인 생각은 아닐까 하는 충동적인 생각이었다. 마지막 손톱이 나무색을 입기 직전에 나는 결심하고 말았다.

타투이스트가 되자.

*

　스물아홉의 겨울이 빠르게 지나고 있었다. 서른이 되기 전에 몸의 흉터를 모두 가리고 싶어서 마음이 조급했다. 시절을 나이로 구분하는 건 어쩌면 큰 실수일지도 모른다. 그런 생각을 하면서도 서른을 목전에 둔 백수에게 심리적 여유는 없다. 한 시절을 건너면서 무엇 하나라도 가지고 가야 후회하지 않을 것 같은 불안함. 직장도 없고 돈도 없고 사랑도 없다면 용기나 패기라도 가지고 가자.

　나는 서둘러 세 번째 타투를 계획했다. 이번에는 타투 말고도 다른 용건이 있었다. 필립으로부터 타투이스트가 되는 방법이나 조언을 듣고 싶었던 것이다. 아무에게나 가르쳐주지 않을 거라는 걸 알고 있었지만 내가 아는 타투이스트는 필립밖에 없었다. 느낀 바가 맞았다면, 배려심 많은 그는 흔쾌히 부탁을 들어줄지도 모른다.

　예약을 하기 위해 필립에게 연락했다. 12월 예약이 다 찼다는 절망적인 답을 들었다. 역시. 단 한 번도 의지대로 되는 게 없는 인생. 시무룩해진 내 목소리가 신경 쓰였는지 필립이 기회를 주었다. 아직 예약금을 입금하지 않은 고객이 있는데 먼저 예약금을 입금하면 그 시간을 내게 주겠다는 것. 타투 예약은 무조건 입금 순이었다. 나는 부리나케 카뱅 앱에 접속했다. 예약금을 이체한 후 필립에게 메시지를 보냈다. 타투이스트가 되고 싶다고 솔직하게 고백했더니 답장이 없었다. 뜬금없겠지. 어차피 만나서 해야 하는 중차대한 얘기였다.

나는 세 번째 타투 도안으로 영화의 그림을 선택했다. 타투 숍에서 영화와 재회한 후 다짐한 것이었다. 영화의 그림을 사진으로 찍어서 필립에게 전송했더니 이번에는 바로 답장이 왔다. 필립의 태도는 의외였다. 보내준 그림대로 작업하는 것은 가능하나 다른 사람의 작품을 몸에 새기는 건 신중히 해야 한다고. 문자에서 냉정함이 묻어났다. 저작권 같은 의미인지 물었더니 그는 만나서 얘기하자고 했다.

한 해의 마지막 일주일을 남겨 두고 필립을 찾아갔다. 필립은 여느 때와는 달리 어딘지 모르게 침울해 보였다. 날씨만큼 차갑게 느껴지기도 했다. 연말이라서 그런가. 그는 내게 릴렉스 커피를 내어오지도 않았다. 내가 뭘 대단히 실수하거나 잘못한 것 같은 분위기였다. 영화의 그림을 몸에 새기려고 하는 게 이럴 일인가? 아니면 타투이스트가 되고 싶다는 고백 때문인가? 어떤 이유라도 몹시 당황스러웠다. 나는 그가 먼저 입을 열기를 기다렸다.

"죽은 친구가 그린 그림이라고 하셨죠?"

"네. 말하자면 유작인 셈이죠."

컴퓨터 화면에 내가 보낸 영화의 그림이 확대되어 있었다. 웃는 여자의 얼굴이었다. 지난번에 했던 레터링과 어울릴 것 같았다. 원래 하나의 작품이었으니까.

"친구가 죽었으니 이 그림의 의미를 알 수는 없겠네요. 모델이 누구인지, 모티브가 무엇인지."

"꼭 그걸 알아야 하나요?"

"어떤 타투이스트는 도안을 사들이기도 하고 모작을 하기도 하는데요. 그렇더라도 보통은 자신의 스타일로 재창조해서 작업합니다. 타투는 스티커가 아니에요. 저는 모작을 유난히 싫어합니다. 이 그림을 제 방식대로 작업하려면 그림의 의미를 알아야 하고 의미에 따라 도안이 달라진다는 말이에요. 이 그림을 똑같이 새기고 싶다면 저는 해드릴 수 없습니다."

"그림의 의미…… 지난번에 영화를 만났을 때 물어볼 걸 그랬네요."

"죽은 친구의 이름이 영화인가요? 타투 할 때마다 만났던?"

"네. 배영화."

그는 정중하게 물었다.

"민정 씨는 왜 타투이스트가 되고 싶어요?"

"타투가 이렇게 큰 위로가 되는 줄 몰랐거든요. 저도 그런 일을 하고 싶어요."

"아시겠지만 칼이나 바늘은 양날의 검이에요. 위로가 되기도 하지만 위험하기도 하죠. 얼핏 화려하고 강해 보이지만 굉장히 고독한 직업이에요."

필립은 타투이스트의 삶에 관해, 한국에서는 불법이지만 그럼에도 갈수록 성행하는 타투에 관해 얘기해 주었다. 꽤 상세하고 현실적이었다. 직업으로써 떳떳하게 인정받지 못한다는 게 어떤 기분인지, 늘 불안하고 신경이 곤두서 있는 스트레스에 대해서도 말했다. 어떤 말은 놀랍도록 잔인했고 어떤 말은 눈물 나게 슬펐다. 두려움, 걱정, 의심. 불안. 부정적인 감정이 압도적이었다.

"권하고 싶은 일은 아닙니다만, 이 일도 사명감을 갖고 하면 보람 있어요."

"어떤 직업이든 사명감이 문제네요. 간호사였을 때도 없었던 사명감이 타투이스트가 된다고 생길지 모르겠는데."

"그러니까 쉽게 결정하면 안 돼요. 순간적으로 혹해서 시작하는 사람도 많아요. 자신이 타투를 받아보고선 반해버린 거죠. 화려한 결과물만 보고 들어서기엔 위험이 많은 직업이에요."

혹해서, 라는 단어 때문인지 나는 약간 날이 섰다.

"순간적인 감정은 아니고요. 저도 나름 알아보고 고민도 많이 했어요. 간호사라는 전문직에서 타투이스트로 옮겨가는 선택이 쉬운 건 아니에요."

말에 힘을 주었더니 필립이 내 눈을 한참 들여다보았다. 내 눈에서 뭐가 느껴졌을까. 필립의 흐트러진 어깨 위로 한숨이 내려앉았다.

"언젠가 단속이 나왔던 적이 있었어요. 뭐, 그깟 단속 걸려도 벌금만 내면 그만이지만 밀고자가 누구인가에 따라 의지가 많이 꺾이기도 해요. 알고 보니 그때 신고한 사람이 제법 알려진 타투이스트였어요. 이 바닥에서 가장 무서운 게 동종 업계 사람들이에요. 가장 힘이 되는 것도 그들이라 많이 혼란스럽기도 했죠."

"동료가 왜 신고를 해요? 그건 너무한데요? 피차 많은 부분을 공감할 텐데."

"어떤 분야든 앞서는 사람이 있으면 부러움과 시기를 동시에 받잖아요. 고객이 신고하는 경우도 있어요. 이를테면, 타투를 받았는데 결과물이 마음에 안 들었다거나 타투이스트의 태도가 마음에 안 들었다거나 그런 경우죠. 불법이라는 사실이 우리의 약점이라는 걸 사람들이 알아요. 동료든 고객이든 믿을 사람이 없는 거예요. 그런 일들이 가장 견디기 힘들죠. 신경증약을 지금까지 먹어요."

겪어보지는 않았지만 필립의 말이 충분히 이해되었다. 간호사들 사이에서도 흔히 일어나던 분란과 음모. 앞에서는 내 편인 듯 위로와 공감을 던지고선 돌아서면 헐뜯어 피바다를 만들던 사람들. 실력으로 오를 능력은 부족하고 그걸 인정할 그릇도 못 되는 작디작은 인간들. 혼자 욕할 용기마저 없어서 언제나 패거리를 만들어 한 사람을 사냥하는 비열한들. 그런 사람들은 어디에나 있었다. 타투이스트가 조금 더 위험한 이유는 불법이라는 것. 그래서 더 당당하게 대응할 수 없다는 점이었다. 아마 필립은 그걸 강조하는 것 같았다.

그는 다시 말했다.

"미성년자만 아니면 누구나 고객이 될 수 있지만, 누구에게든 신고당할 수 있는 처지예요."

"어차피 불법인데 미성년자를 제한하는 것도 이상하네요."

"불법이죠. 그럴수록 상도를 지켜야 해요. 순식간에 매장될 수 있는 게 한국의 타투이스트니까요. 많이 대중화되었다 해도 곱게 보지 않는 세대가 있고."

곱게 보지 않는 세대에 내가 속했는지도 모르겠다. 불과 몇 달 전까지 나도 타투를 혐오했던 건 사실이니까. 타투나 문신이라는 단어가 이십구 년 내 인생에서 긍정적으로 쓰인 적은 한 번도 없었다. 분명 그렇게 살아왔는데 지금은 문신충이라는 단어의 모욕감을 견뎌야 하는 타투 애호가가 되었다. 이건 우연일까 운명일까. 우연을 운명으로 받아들이는 건 비약인가. 운명을 우연이라 치부하는 건 회피인가.

내가 쫓는 건 타투의 아름다움이 아니다. 타투이스트라는 직업을 동경한 것도 아니다. 지질하고 비겁했던 십 대의 만행을 가리느라 여전히 지질하게 살고 있는 내가 날마다 싫었다. 당당해지고 싶어서 손목 타투를 시작했다. 거기서 죽은 영화를 만났다. 몸의 기억이 마음의 기억과 다르지 않았다. 마침내 확신하게 되었다. 타투는 흉터만 가려주는 게 아니라는 사실을. 흉터에 새긴 타투는 상처받은 마음에도 새겨지는 거였다. 위로를 넘어 회복에 이를지도 모른다는 생각을 자꾸 하게 만들었다. 얼마나 많은 인생에 위로와 회복이 필요한지 병원에서 수없이 목격했으니까. 커터칼이 유일한 숨통이었던 가여운 인생들을 보며 자랐으니까. 이제는 부디 겁쟁이에서 벗어나고 싶으니까.

나는 필립이 왜 자꾸 무서운 얘기만 하는지 알 것 같았다. 내 마음이 얼마나 확고한지 떠보는 거겠지. 그런데 그걸 왜 본인이 확인하고 판단하려고 하는 걸까. 내 인생인데. 내 선택인데. 대학병원 간호사를 했던 사람이라면 웬만한 직업은 견딜 수 있다는 사실을 필립은 모르겠지. 마치 필립에게 검증이나 허락을 받아야 할 것 같은 대화가 점점 불편해졌다. 단호하게 말할 필요를 느꼈다.

"이 그림은 작업 안 해주셔도 돼요. 예약금은 상담료로 갈음하고요. 그런데요. 타투이스트가 될 수 있게 도와주세요. 방법이라도 알려주세요. 하고 싶어요. 치료 말고 위로 말이에요."

필립의 얼굴에는 고민하는 기색이 역력했다. 뭘 저렇게까지 고민하나 싶었지만 나는 기다려 주었다. 그가 날 기다려 주었듯이. 어쨌든 나는 타투이스트의 삶에 대해 아무것도 모르고 그는 경험자니까. 지금으로선 나에게 도움을 줄 수 있는 유일한 사람이니까. 필립이 날 도와줄 거라는 확신도 있었다.

마침내 마음을 정한 것 같은 그가 일어섰다. 말없이 데스크로 가 작은 서랍을 열더니 무언가를 가지고 돌아왔다. 그가 내민 것은 명함이었다.

"이 사람을 찾아가세요. 이 사람이라면 민정 씨를 최고의 타투이스트로 만들어 줄 거예요. 미리 얘기해 둘 테니 약속은 직접 잡으세요."

나는 들뜬 마음으로 명함을 들여다보았다.

타투이스트, 조커

＊

　명함을 받고 돌아오는 지하철에서 심장이 터질 것 같았다. 떨리는 손으로 타투이스트 조커를 검색했다. 그의 사생활이나 얼굴은 공개된 게 없고 오롯이 경력만 나왔다. 국내에서는 예약 잡기가 하늘의 별따기라는 글을 보았다. 오래전부터 해외를 오가며 활동하는 조커는 이 바닥 유명인사였다. 그에게 몸을 한번 맡겨 본 사람이라면 평생 그의 손에서 벗어날 수 없을 거라는 놀라운 후기도 있었다. 부정적인 생각들이 덜컹거렸다. 이런 사람이 자신의 기술을 전수해 줄까. 나를 만나주기나 할까. 모든 게 미지수였지만, 필립이 먼저 얘기해 놓는다고 했으니 그를 믿어보는 수밖에 없었다.

　다음 날 아침 일찍 조커에게 연락을 시도했다. 올해가가기 전에 상담을 받고 싶었다. 여러 번 전화를 걸었지만 그는 받지 않았다. 연락하기 어려울 수도 있다고 필립이 미리 얘기해 주었기에 망정이지 화가 날 정도로 연결이 되지 않았다. 바쁜 일정 때문일 수도 있고 그의 성향일 수도 있겠지만 이렇게 전화를 받지 않으면 어떻게 소통할까 싶었다. 점심을 먹고도 저녁을 먹고도 전화를 걸었지만 음성 메시지로 넘어갔다. 뭔지 모를 싸한 기운이 목덜미에 퍼졌다. 혹여 거만하거나 시건방져도 참으리라 굳게 다짐했다. 인품이야 어떻든 실력만 좋다면, 내게 그 실력을 전수해준다면, 뭐든 참을 수 있을 것 같았다.

결국, 늦은 밤에 메시지를 보냈다.

—안녕하세요. 필립이 소개해 준 스물아홉 살 김민정이라고 합니다. 메시지를 확인하면 전화 부탁드립니다.

전화는 오지 않았다. 대신 자정 즈음에 답장이 도착했다. 상담 가능한 날짜 리스트였다. 메시지에서 묘하게 냉랭함이 느껴졌다. 그가 보낸 날짜 중에 12월 31일이 있었다. 나는 그 날이 좋겠다고 메시지를 보냈다. 오후 3시, 라는 시간과 함께 이상한 메시지가 도착했다.

—A4 용지 한 장에 나비 그림 백 개 그려올 것.

다른 설명은 없었다. 무턱대고 나비 그림 백 개라니. 아무래도 날 테스트하는 것 같은 느낌인데, 일면식도 없고 알지도 못하는 사람한테 너무 무례한 요구가 아닌가 싶었다. 그렇다고 안 할 수도 없는 노릇이었다. 늘 아쉬운 쪽의

등이 굽게 마련이니까. 그는 무려 조커 아닌가. 나비 그림 백 개가 뭘 의미하는지, 그 작은 종이에 나비를 백 개나 그릴 수 있는 건지, 세상에 나비 종류가 그렇게 많은지 고민하느라 자정이 지날 때까지 날개 하나 그릴 수 없었다.

조커의 작업실은 지하였다. 1층에는 솥뚜껑 삼겹살 가게가 있고 2층부터는 주택인 것 같았다. 예상대로 간판은 없었다. 지하로 내려갔다. 계단이 이어지는 벽면에도 아무런 인테리어가 없었다. 지하 현관문은 실내가 보이지 않는 철재 통문이었다. 도어록이 달려있었다. 문 앞에 작은 스티커라도 붙여놓을 법한데 아무것도 없었다. 문을 두드렸다. 세 번쯤 두드리자 도어록이 개폐되는 소리가 들렸다. 안에서 누군가 문을 밀었다. 실내조명도 그리 밝지는 않아서 모자를 눌러쓴 사람의 얼굴이 잘 보이지 않았다. 그는 아무 말 없이 들어오라는 듯 문을 활짝 열어놓고 스토퍼로 고정했다.

조커의 뒤를 따라 들어갔다. 보사노바 리듬의 음악이 흐르고 있었다. 그는 어두컴컴한 실내 중앙에 있는 테이블까지 안내했다. 긴 머리, 호리낭창한 체격, 이쪽으로 앉으세요, 라고 말하는 목소리. 조커가 여자라는 사실은 필립이 알려주지 않았다. 조커라는 활동명만 듣고 당연히 남자일 거라고 생각한 나에게도 문제는 있었다. 고착화된 선입견. 조커가 여자인 것이 이상한 일은 아니었다. 여자 타투이스트도 얼마든지 있으니까. 나도 그중 하나가 될 테니까. 타투이스트를 소개하면서 고객이나 문하생에게 본명을 알려줄 의무는 없다. 어쩌면 필립조차 모를 수도 있다.

"아메리카노? 카푸치노? 아무거나?"

"아. 네. 아무거나."

그가 커피 두 잔을 들고 테이블로 다가왔다. 드디어 조커와 커다란 테이블에 마주 앉은 순간. 내 앞으로 커피잔이 주욱 떠밀려왔다. 커피가 쏟아질까 봐 잽싸게 잔을 붙잡았다. 비굴한 감정 같은 게 우둘투둘 돋기 시작했다. 지나친 상냥함만이 가식은 아니라는 생각이 들었다. 불친절함으로 무장한 가식도 있지 않을까. 유명세 때문일까 귀찮아서일까. 내가 누구든, 네가 누구든, 아직 갑을 관계는 아니잖아. 관계란 어떻게 될지 모르는 거잖아. 미간이 살짝 경직되는 걸 느꼈지만 특별한 내색은 하지 않았다. 오히려 그와 시선을 맞추지 못해 사방을 두리번거리기만 했다. 조커가 먼저 말을 할 때까지 기다리는 게 순서 같았다.

"나비는 가져왔어요?"

"아, 네……"

가방에서 종이를 꺼내고 테이블 위에 올린 후 조커 앞으로 밀어 넣는 모든 순간이 긴장이었다. 부끄러움을 무릅쓰고 내민 종이를 가만히 쳐다보는 조커. 그를 바라보는 내 내 손에 땀이 났다. 저 종이 한 장 때문에 며칠 한숨도 자지 못했다. 이제는 나비만 떠올리면 헛구역질이 날 정도로 질려버렸다. 세상에서 가장 싫어하는 곤충은 나비. 세상에서 가장 징그러운 생명체는 나비. 그래도 하면 하는 성격이라 백 개를 채우긴 했다. 그녀는 꽤 오랫동안 종이를 들여다보았다.

천장에 달린 레일 조명을 올려다보는 사이, 음악 소리가 줄어들었다. 면접이 시작될 모양이었다. 리모컨을 나비 종이 위에 내려놓은 조커가 모자를 벗었다. 곧이어 안경도 벗었다. 노란 조명 아래에서 머리카락을 쓸어넘기는 모습이 아름다웠다. 예쁘다. 인형같이 예쁘다. 예뻐서 싸가지가 없었구나. 예쁜데 실력마저 뛰어나니 싸가지가 없을 만 했구나. 그런데, 이 얼굴. 이 예쁜 얼굴. 설마. 세상에.

나는 단박에 알아보았다. 알아볼 수밖에 없는 얼굴 아니던가. 이 바닥에서 그렇게 유명하다는 조커는 바로 곽현주였다. 여고 시절 우리를 공포에 떨게 했던 불여우파의 수장!

＊

곽현주는 경남 마산에서 전학 왔다. 끔찍하고 잔인했던 가정 폭력을 피해 엄마와 단둘이 야반도주하여 상경했다. 곽현주의 엄마는 닥치는 대로 일을 해야 해서 딸의 교육과 양육에 깊이 신경 쓸 수 없었다.

그녀의 미모를 보기 위해 옆 학교에서 원정을 오기도 했을 만큼 곽현주는 태생적 미인이었다. 불여우파가 가만 놔뒀을 리 없었다. 곽현주는 순순했다. 때리면 맞았고 술을 주면 마셨고 가스도 흡입했다. 딱 하나 거부한 거라면 성매매였다. 아무리 협박하고 두들겨 패도 곽현주는 흔들림이 없었다. 아이러니하게도 그런 태도 때문에 선배들의 신임을 얻었다. 결국 선배들은 곽현주에게 우두머리 기질이 있다고 판단하기에 이르렀다.

곽현주가 우두머리가 되면서 불여우파의 분위기가 조금

씩 달라지기 시작했다. 술, 담배, 환각제 같은 걸 후배에게 강요하거나 돈을 갈취하는 짓은 금지했다. 말하자면, 일진이 하는 거의 모든 나쁜 짓을 대물림하려 하지 않았던 것이다. 그것은 곽현주라 할지라도 지나친 월권이었고 졸업한 선배들은 곽현주가 불여우파 이미지를 여우파 정도로 실추시켰다고 여겼다. 곽현주는 졸업생 조숙희에게 불려가는 일이 잦았다. 조숙희는 불여우파의 전설이라 알려진 인물이었다.

조숙희가 불여우파에 들어갔을 때, 우리 학교는 그야말로 유명세를 치렀다. 이미 중학교에서도 일진이었던 조숙희를 불여우파는 대환영했다. 조숙희는 도루코 면도날을 가지고 다녔다. 교복 치마를 말아 올린 허리춤에 면도날을 소지했다. 패싸움할 때면 면도날을 잘게 쪼개어 적당히 씹던 껌 속에 집어넣었다. 그 무기를 손가락 사이에 끼고 있다가 적의 얼굴에 난도질했다고 전해졌다. 학교 후문 담장 위에 앉아 있으면 지나가던 학생들이 까치발로 용돈을 상납했는데, 누가 겁을 주거나 강요하지 않아도 그 길을 지나야 하는 애들 사이에서는 공공연한 절차였다. 조숙희는 거침없음과 당돌함으로 선배를 제치고 십칠 세에 최연소 우두머리가 된다. 일 년 후 조숙희의 여동생 조숙경이 우리 학교에 입학하자 조숙희는 선생님들도 두려워하는 존재가 되어버렸다. 조숙 자매는 함께 불여우파를 이끌며 학교 안팎으로 불량과 저질의 끝을 보였다.

자매는 졸업 후에도 불여우파에 관여했다. 곽현주가 불여우파의 명성에 먹칠하고 있다고 생각한 자매는 여전히 자신들을 추종하는 후배들을 불러 모았다. 졸업하고도 비슷한 바닥에서 비슷한 졸업생들과 어울리며 사는 패거리였다. 그들은 한마음 한뜻으로 곽현주를 못살게 굴었다. 명색이 불여우파를 이어받은 우두머리인데도 곽현주는 무참히 짓밟혔다. 구타당한 흔적이 역력한 얼굴로 양호실에서 하루를 꼬박 보내기도 했다. 그렇게 괴롭힘을 당해도 곽현주가 고집한 것은 하나였다. 모든 일탈의 선택은 본인이 하게 할 것. 우리에게 아무것도 강요하지 않았던 것은 곽현주만의 방식이자 신념이었다. 그러한들, 분명 쌍년들의 우두머리로 살았다.

*

커피 냄새가 지하 공기를 휘감았다. 그날이 떠올랐다.

거기도 지하였다. 그땐 본드 냄새와 가스 냄새로 가득했는데 지금은 향기로운 커피 냄새로 꽉 찼다. 그땐 십 대 양아치들이 바글바글했는데 지금은 삼십 대 그녀 혼자다. 여기 오면 무슨 말을 해야 할까 머리를 굴리고 또 굴렸는데 준비한 모든 말을 잊어버렸다. 우리가 함께했던 시절은 회상하기에 좋은 기억이 아니었다. 그녀로서는 더욱.

"나는 한 잔 더 할 건데."

"저는 괜찮아요."

곽현주는 나를 못 알아보는 걸까. 아니면 모르는 척하는 걸까.

커피를 만드는 곽현주의 뒷모습을 관찰했다. 검은색 나이키 트레이닝 복은 기억 속의 곽현주와 어울리지 않았다. 하얀색 나이키 운동화도 마찬가지였다. 나이키 마니아가 되었나. 짧은 치마와 하이힐만 걸치고 살 줄 알았는데 의외였다. 더구나 조커가 아닌가. 곽현주는 우리가 마지막으로 만났던 날보다 많이 야윈 모습이었다. 마르긴 했지만 십 년이라는 광음은 그녀의 미모를 비껴간 듯 보였다. 운동복 차림새라도 여전히 눈부신 여자. 미모와 달리 거친 눈빛이 품은 아우라도 여전했다.

우리의 인연은 예나 지금이나 뜬금없는 건 마찬가지인 것 같다. 십 년 만에 재회한 장소야말로 낯설고 엉뚱하기 짝이 없다. 타투 작업실이라니. 곽현주가 타투이스트라니. 심지어 그 유명한 조커라니.

두 잔째 커피를 다 마실 때까지 곽현주는 별다른 말이 없었다. 진짜 나를 못 알아보는 것일까. 못 알아볼 정도로 세월이 흘렀거나 기억하지 못할 만큼 내가 하찮은 아이였거나. 어느 쪽이든 그러면 안 되는 것 아닌가. 내 여고 시절을 위험한 구렁텅이로 밀어 넣었던 사람이 나를 기억하지 못하는 건 비인간적이지 않나. 내가 약간의 소개를 곁들여 상담 문자를 보냈을 때, 분명 김민정이라는 이름을 보았을 것이다. 흔한 이름이긴 했지만 나일 수도 있다는 생각을 전혀 하지 못했을까. 곽현주에게 나는 그만큼의 존재였을까. 장마철 먼지 같은. 지하철 소음 같은.

그녀는 허리까지 내려오는 머리카락을 칭칭 말아 고무줄로 묶으며 말문을 열었다.

"이름만 보고 설마 했는데, 맞네. 김민정."

모른다고 생각했을 때는 분노로 고였던 감정이 이내 긴

장으로 바뀌었다. 그녀가 내 이름을 기억하고 있다면 그 시절의 내 모습도 기억하고 있을 것이다. 나약하고 비굴했던 모습들을. 한 대라도 덜 맞으려고 지질하게 굴었던 장면들을. 근데 그렇게 따지면 곽현주 쪽이 더 긴장해야 하는 게 아닌가. 나는 당한 쪽이었지만 그녀는 행한 쪽이었으니까. 우리는 피해자였지만 그들은 가해자였으니까. 내가장 친한 친구를 빼앗아가기도 했으니까. 쫄지 말자. 지금 우리는 여고생이 아니다.

"네. 선배. 오랜만이에요. 저는 여기 와서야 알았네요. 선배가 조커라니."

대화는 시작되자마자 맥없이 끊겼다. 나는 그녀의 다음 말을 기다렸으나 곽현주는 커피만 마셨다. 나도 여유를 가지려고 애썼다. 많은 세월이 흘렀으니까. 십 년은 정말 긴 세월이니까. 우리는 섣불리 서로의 안부를 물을 수 있는 사이가 아니었으니까.

커피를 마시며 가게 내부를 둘러보았다. 트렌디한 노출 천장에 전체적인 벽은 검은색이었다. 셀프로 칠했는지 울퉁불퉁한 페인트가 거친 붓끝을 그대로 살리고 있었다. 검은 벽면에는 커다란 캔버스가 꽤 많이 걸려 있었다. 한마

디로 표현하기 힘든 그림들이었다. 모든 그림의 아래쪽에
는 낙관처럼 보이는 문양이 보였다. 벽과 천장이 연결되는
곳에 상장과 상패, 트로피 같은 것들이 수없이 진열되어
있었다. 그 모든 영광에는 '조커'라는 이름이 새겨져 있었
다. 팔 년 전의 날짜도 보였다. 언제부터 타투이스트로 살
아온 걸까.

"타투이스트가 되고 싶다고?"

곽현주는 안부를 건너뛰고 본론부터 물었다.

"네."

"서른 넘어 시작하는 경우는 거의 없는데. 왜?"

곧 서른이지만 아직 서른은 아니었다. 시작의 의미를 어
디에 두느냐에 따라 이십 대에 시작했다고 볼 수도 있는 게
아닐까. 마음먹은 순간이 시작이라면 말이다. 곽현주의 표
정이나 말투, 질문의 유형들이 썩 호의적이지 않았다. 조
커가 모르는 사람이었다면 명성 때문에 시건방지다고 생각
했을지도 모르지만, 곽현주는 원래 그런 스타일이었다. 사
람들에게 친절해야 할 이유가 없었으니까. 늘 대장이었고
대장이 아니었어도 무서운 게 없는 사람이었으니까. 나는
솔직하기로 했다. 내 기억으로 곽현주는 솔직한 사람한테

흔들렸던 것 같았다.

"제가 타투를 받으면서 위로를 받았거든요. 놀라운 경험이었어요. 저도 위로하는 사람이 되고 싶어서요."

"원래는 뭐 하는 사람이었는데?"

"간호사였어요."

"그 직업이 더 낫지 않나?"

"아픈 사람을 치료하는 것과 아픈 사람을 위로하는 건 달라요."

"……"

"선배는 왜 이 일을 시작했는데요?"

"들키지 않으려고."

"네?"

"사람들에게 내가 살아있다는 걸 들키지 않기를 바랐어. 본명, 나이, 얼굴 다 숨겨도 이해받을 수 있는 직업. 이 일이 불법이라는 건 알지? 아무것도 당당하게 내세울 수 없다는 게 좋았어. 그래도 돈은 버니까. 내가 조커라는 것 외에 나에 관해 아는 사람은 아무도 없어."

의외였다. 내가 기억하는 곽현주와는 확연히 달랐다. 그녀는 학교에서 대장이었고 얼굴마담이었고 뭐든 두려워하지 않는 사람이었다. 그런 사람이 타인에게 들키지 않는 삶을 택하다니 아이러니했다. 역시 과거를 세탁하고 싶었던 것일까. 묻고 싶은 말이 많았지만 지금은 묻지 않기로 했다. 나에게 들킨 것이 억울하거나 화가 날지도 모르니까.

"나는 문하생을 두지 않아. 필립이 부탁해서 어쩔 수 없었어."

"필립과는 어떤 사이예요?"

"동료. 언제부터 시작할래?"

곽현주는 말을 돌렸다. 생각해보니 선을 넘은 질문 같았다. 곽현주가 지금은 조커로 살아가고 있다는 걸 잊지 말아야 한다.

"지금 백수라서 언제든지 가능해요."

"그림을 그려본 적은 있어? 나비를 보니 알만하지만."

"그림은 처음이에요. 그런데 나비 백 개는 무슨 의미였어요?"

"테스트. 시작하기도 전에 그거 힘들다고 도망가는 애들 많아."

"아. 성격 테스트 같은 거군요."

"그림 실력은 상관없어. 나도 그랬으니까. 타투이스트

는 책임감이 중요해. 충동적인 생각이거나 취미로 할 계획이라면 시작하지도 마."

"그 말 정말 지겹게 듣네요. 저는 확고해요."

"사수가 나여도 상관없어?"

그 질문에 선뜻 대답이 나오지 않았다. 어떤 면에서는 상관없지 않은데 어떤 면에서는 훌륭한 선택일 수도 있었다. 이것도 기회라면 기회라고 생각했다. 곽현주는 보름 동안 열 장의 그림을 그려오라고 말했다. 열 장? 설마 백 가지 그림을 열 장이나 그리라고 하지는 않겠지. 테스트를 가장해서 나를 자를 셈인가. 그렇게 치사한 사람은 아니었는데. 당황해서 질문조차 하지 못하는 날 보며 한심해 하는 얼굴. 낯설지 않다. 다행히 백 개 아니고 열 개. 한 장에 하나씩. 어떤 그림이든 상관없으니 내 몸에 새기고 싶은 도안을 그려오라고 했다. 본인은 게스트 워크에 참여해야 해서 보름 정도 미국에 있을 예정이라고. 게스트 워크가 뭔지는 모르겠지만 보름의 시간을 준다는 말이었다.

"간호사였다면 유리한 점이 많을 것 같네. 일단 네가 그려오는 도안을 보고 얘기하자. 이건 내가 초기에 그렸던 도안들이야. 규칙은 없어. 도구도 상관없고. 만약에 그림이 잘 안 된다면 도형 그리기 연습부터 해 봐. 네모나 세모에서 원기둥까지."

그녀가 건네준 태블릿을 살펴보았다. 장미, 제비, 비둘기, 상어, 버스, 신발, 기하학적인 그림…… 각양각색의 도안들이 들어있었다. 아마추어가 그린 듯 허술했지만 이따금 놀라운 그림들도 보였다. 이런 걸 언제부터 그리기 시작했을까.

"처음에는 그렇게 아무거나 그리는 거야. 계속 그리다 보면 자신만의 스타일이 생겨. 도안 연습은 초보나 프로나 게을리하면 안 돼."

"선배의 스타일은 뭔데요?"

"지금 너한테 중요한 건 내 스타일이 아니야. 나에 대해선 계속 몰라도 좋고."

곽현주는 가게 입구에 있는 간이 책장에서 책 한 권을 가지고 왔다. 손바닥 크기의 아주 얇고 작은 책이었다. 펼쳐보니 백 장도 되지 않았다. 그림 열 개를 그리고 이 책을 다 읽어 오는 게 숙제라고 그녀는 말했다. 별로 힘들 것 같지 않았다. 책은 얇고 그림은 고작 열 개니까.

"만만할 것 같지?"

뜨끔했다.

"그런 생각한 적 없는데요."

"문신 밥을 먹으려면 생각보다 많은 인내가 필요해."

"간호 밥 먹을 때도 인내가 필요했어요. 어떤 직업이 안 그렇겠어요?"

"적어도 간호사는 떳떳하고 자랑스러운 직업이지."

"음지에 있다고 다 나쁜 건 아니잖아요. 아시잖아요."

"많이 컸네. 김민정."

곽현주가 웃었다. 웃는 얼굴을 가까이서 보는 건 처음이었다. 앞니 사이가 벌어진 게 눈에 들어왔다. 부탄가스를 흡입하다가 생긴 틈 같았다. 내가 자신의 입을 쳐다보자 곽현주는 정색하며 고개를 돌렸다. 저럴 거면 왜 내버려두는 걸까. 돈도 많이 벌 텐데. 곽현주에 대해서도 조커에 대해서도 묻고 싶은 말이 많았지만 지금 중요한 건 그게 아니었다. 내가 타투이스트가 될 수 있을지 없을지 검증받는 시험대에 올랐다.

12월 31일. 이십 대의 마지막 날. 나는 곽현주가 숙제로 건네준 책 〈문신의 역사〉를 읽었다. 생각보다 흥미로웠다. 내가 타투이스트가 되려는 사람이라서 재미있는지 모르겠지만 '역사'라는 단어가 들어간 책 중에 가장 기억에 남는 책이 될 것 같았다. 문신의 역사가 그렇게 오래되었는지 몰랐다. 기원전이라니. 그런데도 아직 불법인 나라가 있다니. 그게 우리나라라니. 무엇보다 과거에 문신했던 이유가 다양하고 신선했다. 악귀를 쫓거나 병을 고치기 위해 문신을 하기도 했고 전쟁에서 이긴 기쁨을 표현하는 도구이기도 했으며 종족이나 신분 표시를 위해 문신을 하기도 했다. 고대 이스라엘에서는 가까운 사람이 죽었을 때 자신의 몸에 상처를 내서 슬픔을 표시하는 관습이 있었다고 한다. 나는 이 사실 앞에서 오래 머물렀다. 열네 살의 자해는 분노가 아닌 슬픔의 발현이었을까. 그때 누가 죽었던가. 김민정이었나. 손목의 타투를 들여다보았다. 그렇다면 이것은 슬픔 위의 슬픔인가. 문신이 결코 야만적인 문화가 아니라 가장 오래된 예술이지 않았을까 생각했다. 책을 다 읽은 후 타투이스트가 되겠다는 다짐은 한층 깊어졌다.

남은 숙제는 그림이었다. 초등학교를 졸업한 이후로 혼자 그림을 그려본 적 있었던가. 연습장을 펼쳐놓고 연필을 들었지만 시작하는 데에는 오랜 시간이 걸렸다. 아무거나 그려오라고 했으니까 뭘 그려도 괜찮을 거라고 스스로 다독였다. 이건 숙제일 뿐이잖아. 나는 이게 처음이잖아. 그렇게 마음먹어도 그림을 시작할 수가 없었다. 도움이 필요했다. 자극이어도 좋았다. 고민 끝에 떠오른 게 영화가 남기고 간 그림들이었다.

나는 영화의 화구 가방을 다시 열었다. 영화가 그린 그림들을 천천히 들여다보았다. 이걸 타투 도안으로 만들 수는 없을까? 필립이 한 말을 되새겼다. 모작에 관한 이야기. 다른 사람이 그린 그림의 의미를 알아야 재창조할 수 있다던 말. 미술 선생과 관련한 그림들은 너무나 뻔한 의미가 있었다. 성추행. 고발. 의미가 확실하니까 괜찮을까? 고개를 저었다. 그걸 재창조해서는 안 된다고 생각했다. 끝내 물어볼 수 없으니까. 왜곡되거나 덧나서는 안 되니까.

다른 그림들은 주로 단일한 인물 위주였다. 내가 세 번째로 새기려고 했던 웃는 여자 얼굴이 보였다. 그밖에 울고 있는 늙은 여자, 담배를 입에 물고 있는 중년의 남자, 하늘을 바라보는 듯한 여자아이, '야호'를 하는 듯 손바닥을 나팔처럼 하관에 대고 있는 사람도 보였다. 나는 이 그림들에 어떤 의미가 있을지 깊이 생각했다. 영화의 가족일까? 그리운 사람들일까? 그것보다 더 깊은 의미가 있을까? 혹시 이 그림들도 모두 영화의 상처일까 봐 함부로 해석하는 게 겁이 났다. 필립의 말이 맞았다. 원작의 의도를 모르면, 의미를 알지 못하면 재창조하는 게 힘들다는 말이 무슨 뜻인지 조금은 알 것 같았다.

영화의 그림들을 다시 화구 가방에 집어넣고 나는 연필을 놀렸다. 무작정 기억을 그려보기로 한 것이다. 나의 첫 도안은 영화로 정했다. 영화의 얼굴을 그리려고 하는데 잘 기억나지 않았다. 어떻게 생겼더라. 그러다가 문득, 영화가 스타킹을 찢어서 발목 흉터를 보여준 날이 떠올랐다. 떠오르지 않는 영화의 얼굴은 머리카락으로 가리고 한쪽 다리를 쭉 뻗고 있는 여자를 그렸다. 얼굴은 작게. 다리는 부각되게.

첫 그림을 완성한 후 놀라운 것을 깨달았다. 얼굴이 없는데도 그 그림은 영락없이 영화였다. 이 세상에서 나만 알아볼 수 있는 영화의 모습이었다. 기억이나 추억 같은 건 선명한 이목구비로 남는 게 아니었다. 그날의 분위기나 기분, 그 장면에서 느낀 행복, 어느 순간 차올랐던 모든 감정이 기억을 복원한 그림이 되었다. 나는 그 매력에 빠지고 말았다. 어렵지 않게 열 개의 그림을 완성했다. 그네를 한 번도 타지 못했던 놀이터, 거의 매일 우리 동네에 출동했던 경찰, 대학병원에서 겪은 태움, 닥터 윤이 가지고 있던 802호 키, 목이 잘린 새우, 쌍년들 때문에 경험한 여인숙, 박격포 같았던 영화의 가방, 커터칼과 곽현주.

1월 15일. 정확히 보름 뒤에 숙제 검사를 받았다. 내 그림들을 관찰한 곽현주는 그림의 의미를 묻지 않았다. 어떤 그림은 의미를 아는 것 같기도 했다. 이를테면, 해바라기에 꽃잎을 다 그려 넣지 않은 걸 보고 피식 웃는 걸 보았다. 그녀도 '해바라' 여인숙에 대해 기억하고 있을 것이다. 내가 처음 그렸던 영화 스타킹 그림을 마지막으로 검사가 끝났다.

"소질이 있구나."

곽현주가 말했다.

"인물 타투는 포트레이트라고 하는데, 네 그림은 조금 특이해. 포인트를 집어내는 재능이 있어. 이를테면, 캐리커처처럼 말이야. 이 도안에 색채를 제대로 넣으면 뉴스쿨 스타일의 타투가 되는 거야. 그런 용어는 어차피 계속 듣게 될 테니 따로 공부할 필요는 없어. 나는 워낙 습관이 돼서."

생각지도 못했던 칭찬에 나는 약간 우쭐해졌다. 재능이라는 단어를 던져준 사람은 처음이었다.

"김민정. 너는 어떤 타투이스트가 되고 싶은데? 아니면 분야라도 말해 봐."

"분야는 잘 모르겠고요. 소중한 기억을 입히는 타투이스트가 되고 싶어요. 단순히 그림을 복사하듯 새기는 바늘 기술자 말고요. 한 사람 한 사람의 기억을 복원해서 그걸 타투로 입혀주고 싶어요."

"너무 어려운 걸 선택했구나."

"선배는 뭘 그리는데요?"

"선배 아니고 조커."

"조커는 뭘 그려요?"

"대체로 상처를 타투로 가리려고 찾아오는 경우가 많지만 반대로 상처를 드러내는 사람도 있어. 유럽에서는 그런 사람들을 자주 봐. 처음 룩셈부르크에 갔을 때, 팔에 큰 화상을 입은 남자가 찾아왔었어. 십 년이 지나도 환상통에 시달린다는 거야. 그가 원한 커버업은 위트와 익살이었어. 흉터와 통증 때문에 너무 싫어했던 자신의 신체에 미안한 마음. 내 머릿속에 곧바로 떠오른 게 마지 심슨이었어. 그 말을 들은 그가 박장대소하고서야 도안을 그렸지. 화상 흉터를 마지 심슨의 머리카락인 것처럼 살려두기로 합의했어. 몇 년 뒤에 다시 룩셈부르크에 갔을 때 남자가 찾아왔어. 이제 트라우마에서 완전히 벗어났다는 말을 하기 위해 일부러 찾아온 거였어. 술을 마시면 화상 부위가 색깔이 변한대. 마지 심슨이 염색한 것처럼 보인다는 거야. 그런 농담을 하면서 아주 행복해 보였어. 나는 그런 작업을 해."

"와. 뭔가 멋지고 뭉클한 얘기네요. 근데 우리나라 사람들은 좀 보수적이지 않아요? 저만 해도 어떻게든 흉터를 가리고 살았는데."

"글쎄. 그건 어떤 나라의 특성이기보다는 개인의 성격이나 의지 같은 거지."

"우리나라에 그런 사람이 있다면 진짜 한번 만나보고 싶네요."

"넌 이미 만났어."

"……언제요?"

곽현주는 천천히 의자를 뒤로 뺐다. 머뭇거리지 않고 오른쪽 바지를 무릎까지 걷었다. 세상에! 금속으로 만든 의족이 나왔다. 더 놀란 것은 곽현주가 의족을 떼어낸 후 보여준 타투였다. 마치 진짜처럼 새겨진, 바로 튀어나와 부릉부릉 달릴 것만 같은 오토바이였다. 언젠가 필립이 말한 고객이 곽현주였던 모양이다. 놀라서이기도 했지만, 나는 이럴 때 먼저 말을 하지 말아야 한다는 것을 알고 있었다. 상대방이 자신의 치부를 깠을 때는 상대가 그에 관해 입을 열 때까지 기다려야 한다. 설명이든 뭐든 가만히 들어야 한다. 아무 설명도 하지 않을 작정이라면 치부를 드러냈을 리가 없으니까.

"스무 살. 여름밤. 남자친구와 오토바이를 타고 질주하는 중이었어. 우리는 헬멧도 쓰고 규정 속도도 준수했지만 그건 아무 소용 없었어. 술 취한 벤츠가 우릴 덮치고 사라지기까지 일 분. 뒤에 앉아 있던 내가 30m쯤 날아가는 데 걸린 시간 십 초. 일 분 십 초 때문에 결국 이렇게 됐다는 이야기."

나는 계속 잠자코 있었다. 그러면 상대는 얘기를 계속할 수밖에 없다.

"남자친구는 갈비뼈가 거의 다 나갔는데 지금은 건강해졌어."

"헤어졌어요?"

"당연하지. 좋은 기회잖아?"

"…… 혹시?"

"맞아. 필립."

나는 필립에게 드리워져 있던 그림자의 정체를 알게 된 기분이었다. 타투를 받으며 내가 울 때마다 잠자코 기다려준 그의 배려는 경험에서 나왔던가 보다. 자신이 운전했던 오토바이 사고로 다리를 잃은 전 여자친구. 그 여자의 잘린 다리에 타투를 해줄 때 그는 얼마나 자주 멈춰야 했을까.

곽현주의 표정은 덤덤했다. 이제 아무렇지 않은 것일까. 그럴 리가 없다. 아무리 세월이 흘렀어도, 잘린 신체에 타투할 용기를 냈어도, 그래도 기억이 바뀌거나 사라지지는 않는다. 신체 한 부위를 잃었는데 트라우마가 없을 리 없다. 그건 정신력의 문제가 아니잖아. 정말 아무렇지 않다면 곽현주는 내가 생각했던 것보다 훨씬 더 무서운 여자다.

"그때 내가 매몰차게 굴어서 헤어졌는데 일 년 만에 나타난 필립은 타투이스트가 되어있더라고. 운명이라고 생각하고 나도 시작했어. 이건 트레이드한 거야."

"트레이드가 뭐예요?"

"자신의 타투를 선물하는 거. 타투이스트끼리 서로의 타투를 주고받는 거지."

"아! 너무 멋진 것 같아요."

필립에게는 어떤 타투를 해주었을까. 궁금했지만 묻지 못했고 곽현주도 그에 대해서는 말하지 않았다. 이미 공개한 사실만으로도 그녀는 숨이 찰 것 같았다. 의족을 한 곽현주는 조커의 존재가 곽현주라는 사실만큼 충격이었다.

✳

나는 매일 그림을 그렸다. 그림에 미친 사람처럼 그림만 그렸더니 그림이 점점 도안화되어 갔다. 종이에만 그리다가 캔버스로 옮겨갔고 태블릿에 익숙해지고 나서야 고무판이 주어졌다. 고무판에 도안을 그리는 것은 새기는 쪽에 가까웠다. 선과 색에 자신감이 붙고 전사 작업까지 수월해지면 고무판으로 실전 연습을 하는 것이다. 사람의 몸에 타투를 하기 전 필수로 연습해야 하는 단계다. 지금은 주로 고무판을 사용하지만 예전에는 돼지껍질을 쓰기도 했다. 그것들은 이를테면 인조 피부와 같은 역할이었다. 돼지껍질이 사람의 피부와 매우 유사해서 타투 연습에 제격이지만 관리가 어려운 단점이 있었다. 고무판도 어느 정도 느낌은 비슷했다. 인체의 굴곡을 느낄 수 없다는 게 유일한 아쉬움이었다.

고무판 작업은 생각보다 힘들었다. 도안을 그릴 때와는 달리 실수하지 않기 위해 잔뜩 긴장해야 했다. 곽현주에게서 얻어온 중고 머신을 세팅하고 나면 입술이 바짝 마르곤 했다. 그러나 긴장할수록 오히려 망치는 게 이 일이었다. 타투는 나를 믿고 상대를 믿어야 한다. 지금은 고무판을 믿어야 한다.

내 부모는 책상 위에 널브러진 종이와 고무판들을 보고도 요즘 무슨 짓을 하고 다니는지 묻지 않았다. 방에서 들려오는 기계 소리에도 반응이 없었다. 그래서 내가 먼저 말을 해버렸다. 타투이스트가 되려고 한다고. 엄마는 그게 뭐냐고 물었다. 문신이라는 단어를 쓰면 어른들은 싫어할 것 같아서 내가 좀 머뭇거렸더니 엄마가 상관없다는 듯이 말했다.

"뭐든 하려거든 열심히 해."

그때 아빠가 끼어들었다.

"타투이스트? 그거 위험한 직업 아니야?"

"아빠. 간호사가 더 위험한 직업이었어. 까딱 실수하면 남의 인생 내 인생 다 끝나는."

아빠는 곧바로 수긍하며 고개를 끄덕였다. 위험하다는 단어에 엄마의 신경이 예민해진 모양이었다. 엄마는 타투이스트가 뭐냐고 진지하게 물었다. 나는 내 손목과 팔뚝에 한 타투를 보여줄 수밖에 없었다. 타투를 본 엄마의 눈이 휘둥그레졌다.

"이게 뭐야! 이게 언제 생긴 거야?"

"엄마. 손목은 한 지가 꽤 오래됐어. 같이 사는 딸인데 이걸 못 보다니."

"지울 수 있는 거야? 애들 장난 같은 그런 거야?"

"지울 거면 왜 했겠어. 이 나이에."

"별짓을 다 한다. 몸에."

"엄마는 내 몸에 관심도 없으면서."

"왜 관심이 없어. 너는 뭐 내 몸을 다 알아?"

예상치 못했던 반격에 당황했다. 엄마 몸에 무슨 비밀이 있을까 생각하고 있었는데 엄마가 양손을 내밀었다. 엄마의 손을 처음으로 관찰한 나는 기겁하고 말았다. 손등, 손가락, 손바닥까지 자잘한 흉터들이 선명했다. 분명히 칼자국이었다. 설마 엄마도 자해 출신인가? 내밀었던 손을 거둬 스스로 살펴보던 엄마는 갑자기 아빠를 노려보았다.

엄마의 상처들은 정육점에서 일하다가 생긴 것들이라고 했다. 아빠가 새 애인과 놀아나고 있을 때도, 막내 이모가 돈을 들고 튀었을 때도, 엄마는 집 앞 정육점에서 아르바이트를 했다. 정육점에서 고기를 썰던 손으로 내 교복을 꼬박꼬박 다려주었고 아빠가 주지 않는 생활비를 감당했던 것이다. 내가 백수 되기 직전까지 그 일을 했다고 하는데 그 사실을 아빠도 언니도 나도 모르고 있었다. 엄마는 무심했던 게 아니라 진짜 사느라 바빴구나. 그 순간, 법수 삼촌의 말이 떠올랐다. 엄마가 칼을 들어 액받이를 하고 있다던 말. 엄마가 무슨 칼을 들어! 선무당이 사람 잡는 꼴이라 생각했다. 의미 없이 흘려들었던 말이었다. 그런데 진짜였다니. 엄마는 긴 세월 칼을 들고 살았다. 이렇게 양손에 피를 보면서. 우리는 도대체 얼마만큼 아는 걸까. 우리는 도대체 왜 이렇게 서로를 모르는 걸까.

엄마의 회상이 끝나자 아빠가 갑자기 상의를 벗었다. 싸우려고 저러나? 아빠는 우리 앞으로 어깨를 내밀었다. 아빠의 양쪽 승모근에 제법 큰 점 두 개가 보였다. 자세히 보니 점이 아니라 희미한 문신 자국이었다. 정확히 말하면 문신이라기보다는 살갗을 뚫어서 윤곽만 잡은 형태였다. 기계가 없던 시절에는 바늘로 살갗을 관통하면서 색채를 따로 넣는 수작업을 하였다. 고통은 두 번, 세 번 이어졌을 것이다. 수작업에서 제일 먼저 하는 것이 윤곽 잡기였다. 내가 볼 때, 이레즈미 정도는 계획했을 범위 같았다. 윤곽만 있어서 얼마나 다행인가. 아빠 몸에는 이레즈미가 어울리지 않았다.

"아빠가 어릴 때 습관적으로 어깨가 탈골되는 거야. 이걸 하고 나서부터 어깨 빠진 기억이 없어. 신통방통이지."

그건 당시 할머니가 맹신했던 미신과 관련 있었다. 문신 관련 책을 많이 읽다 보니 그 비슷한 사례를 본 것 같다. 물론 문신과 탈골의 인과관계를 증명할 수 없다. 미신을 믿는 것도 아니다. 중요한 건 그게 아니라 내게 유리한 상황이 되었다는 사실이었다. 엄마는 아빠의 문신이 문신인 줄 몰랐던 모양이다. 하긴, 구차한 설명을 곁들이지 않으면 점이라고 착각할 수 있는 크기였다. 그래도 그렇지. 사십 년 가까이 함께 살아놓고 그걸 몰랐다니. 내 몸에 있는 타투를 발견하지 못했던 것처럼 엄마는 그렇게 섬세한 사람이 아니었다.

나는 내 부모의 마음에 평온과 기대를 주기 위한 마지막 발언을 했다.

"지금은 배우기만 하면 아무나 할 수 있지만 이게 면허가 생긴다면 간호사가 유리하대."

"정말? 그렇대?"

면허, 라든가 유리하다, 등의 단어는 부모를 흡족하게 하는 효과가 있었다.

"응. 옛날에는 견습 기간이 사오 년씩 걸리거나 더 걸리기도 하고 그랬대. 지금은 기술도 도구도 다 좋아져서 하기 나름이랬어. 나는 일 년 안에 해내려고."

엄마는 아무 말 없이 아빠에게 상의를 던져주었다. 아빠는 주섬주섬 옷을 입었다. 두 사람이 별다른 반응을 하지 않는 건 무관심이 아니라 허락 혹은 동의였다. 나는 언젠가 아빠 어깨에 꼭 멋진 타투를 해주고 싶다는 생각을 했다.

언니의 반응은 부모와 달랐다. 너무 멋진 직업이라며 호들갑을 떨었다. 아직 직업은 아니라고 했지만, 이제 막 배우기 시작했다고 했지만, 그러거나 말거나 언니는 내 사기를 북돋아 주는 중이었다. 자기는 쇄골에 타투를 하고 싶다고 했다. 언니가 예비 형부 앞에서 미래의 내 직업을 숨기지 않아서 다행이었다. 숨기기는커녕 형부와 함께 커플 타투를 받겠다며 잠재 고객을 자처했다. 그건 언니 방식의 응원이고 사랑이었다.

이제 집에서도 공식적인 타투이스트 견습생이 되었다. 대충 할 수 없는 상황이 된 것이다. 가족 입장에서는 간호사라는 좋은 직업을 버리고 생소한 데다 불법인 타투이스트로 전업하는 나를 못마땅하게 여길 수도 있었다. 반대하거나 싫은 소리를 해도 나는 이해했을 것이다. 간호사가 얼마나 힘들었는지 설명할 생각도 없었다. 적성에도 안 맞았고 지독하게 힘든 일이었지만, 부모의 자랑거리가 되어 주는 보람도 괜찮았으니까. 그런데 걱정과 달리 가족들에게 무언의 지지를 받아서 마음이 편안해졌다. 적당한 관심과 넘지 않는 선, 때로는 무시. 나는 그런 가족이 점점 소중해지고 있었다.

연습하고 또 연습하고 그렇게 일곱 달이 흘렀다. 판화 연습은 시시해지기 시작했다. 사람 피부에 직접 그려보고 싶었다. 곽현주에게 방법을 물었더니 보통은 셀프 타투를 하거나 만만한 남사친한테 부탁한다고 했다. 내게 남사친은 없고 있다고 한들 쉬운 부탁은 아니었다. 결국, 실패의 부담에서 가장 자유로운 셀프 타투를 선택했다.

왼쪽 손등에 셀프 타투를 하기 위해 그간 만들어놓은 도안을 살펴보았다. 시작부터 너무 복잡한 건 위험했다. 나는 작은 장미를 선택했다. 라이딩만 했는데도 가슴이 벅차올랐다. 곽현주는 예약 없는 날인데도 굳이 출근해서 셀프 타투 하는 모습을 지켜보았다. 마치 실기 시험을 보는 기분이었다. 내가 결과물에 만족하는 모습까지 지켜본 곽현주의 얼굴에서 점수를 확인했다. 적어도 90점 이상이었다. 그녀는 팔짱을 끼더니 갑자기 위험한 제안을 했다.

"트레이드할까?"

나로서는 조커와 트레이드를 하게 된다면 영광이었지만 곽현주로서는 쉽지 않은 결정이었다. 나는 아직 타인의 몸에 한 번도 작업 해 본 적이 없으니까. 나를 뭘 믿고 저러나 싶었다. 타투가 뭔지 누구보다 잘 아는 사람이. 말려야 할까? 거절할까? 한편으로는 그녀가 먼저 제안한 이상 이 좋은 기회를 놓치고 싶지 않았다. 나는 대답했다. 최선을 다하겠다고.

일단 내가 먼저 곽현주에게 타투를 받기로 했다. 필립에게 부탁했다가 거절당했던 웃는 여자 그림을 택했다. 영화의 그림 원본을 곽현주에게 보여주었다. 영화가 그린 거라는 말도 함께 전했다. 곽현주는 한참 동안 그림을 들여다보았고 나는 그녀가 생각에 잠길 수 있도록 기다려 주었다. 그림을 변형해서라도 꼭 새기고 싶다고 했더니 곽현주는 거절하지 않았다. 그녀에게도 영화와의 추억이 있어서일까.

사이즈를 작게 잡아서 오래 걸리지는 않았다. 곽현주의 작업이 끝나기가 무섭게 나는 전면 거울 앞으로 달려갔다. 왼쪽 대흉근 위쪽에 웃는 여자가 생겼다. 심장과 가장 가까운 부위에, 블랙&그레이로 주문했더니 이보다 완벽할 수는 없었다. 곽현주는 섬세한 작업에 일가견이 있었다. 마치 고급 카메라로 찍은 흑백 사진 같았다. 나는 거울을 보며 완벽한 타투에 심취해 있었다. 내가 최초로 그렸던 도안, 영화가 스타킹을 찢고 있는 그림도 이런 느낌으로 새겨달라고 부탁했더니 곽현주가 말했다.

"그건 정식으로 예약하고 예약금을 입금하세요. 고객님."

내가 너무 나갔나 싶었다. 좀 치사했지만 공사는 구분해야지.

"그럴게요."

"자, 그럼 이제 내 차례인가?"

곽현주의 말에 나는 거의 울상이 되었다. 그녀의 몸에 있는 타투는 바이오 메커니컬이 대부분이었다. 신체 일부를 기계처럼 보이도록 하는 것. 금속 표현을 잘해야 하는 타투였다. 그건 난이도가 너무 높았다. 고민하는 내게 곽현주가 말했다.

"네가 원하는 걸 그려."

"진짜로요? 후회하거나 원망하기 없어요."

"온전히 타투이스트에게 맡기는 게 얼마나 난해하고 두려운 작업인지 겪으라고."

"아……"

타투가 없는 부위를 찾는 게 더 힘든 곽현주의 몸에서 나는 발목을 선택했다. 아킬레스건 부위. 옛날에 영화의 십자가가 새겨졌던 곳. 거기에 나는 블랙&그레이로 성모 마리아를 새겨넣었다. 발목 위에는 이미 트라이벌 타투가 있어서 그 분위기를 건드리지 않기 위해 크기를 작게 잡고 시작했다. 곽현주는 어떤 그림인지도 모른 채 누워있다가 깜빡 잠들기도 했다. 타투를 받다가 잠이 들다니 통증에 무감한 건가 익숙한 건가. 다 끝내고 나니 자정이었다. 서로에게 타투를 받았으니 하루 두 건을 한 셈이었다.

상체를 일으켜 타투를 확인한 곽현주가 말했다.

"어떻게 알았어? 나 천주교인 거?"

나는 손가락으로 어딘가를 가리켰다. 고무로 만든 마리아상이 텔레비전 위에서 아슬아슬하게 버티고 있었다.

"눈썰미 좋네. 작품도 좋고. 잘했어."

눈썰미와 작품. 연속으로 칭찬을 받았다. 마음에 드는 모양이었다. 명암을 많이 넣지 않고 깔끔하게 빼서 그런지 종교적인 느낌이 확실하게 났다. 내가 봐도 잘한 것 같아 뿌듯했다. 무엇보다 사수에게 인정받는 기분이 몸을 뜨겁게 만들었다.

그렇게 나는 생애 첫 타투 실습을 곽현주 몸에 했다. 말하자면 그것은 데뷔와도 같았다. 곽현주는 내게 타투이스트라는 타이틀을 가져다준 것인데, 그녀가 애초에 계획한 일이었다는 건 나중에 알았다. 천천히 떠날 준비를 하고 있었다는 것도.

"활동명은 생각해봤어?"

"음. 세 글자도 돼요?"

"그야 본인 마음이지. 근데 해외 활동을 염두에 둬서 영어가 좋아."

"메모리 어때요? 기억이나 추억을 복원해주는 타투이스트."

"너무 대놓고 기억 아니야? 모리 어때? 성 빼고 부른다는 느낌으로."

"좋아요. 모리!"

그녀는 내가 데뷔한 기념으로 명함을 만들어 주었다.

타투이스트, 모리

※

곽현주는 자신의 작업실 한쪽을 쉐어하게 해주었다. 시작부터 개인 작업실을 구하면 경제적으로나 심적으로 힘들수 있다고 했다. 나는 그녀의 호의와 배려를 받아들였다. 작업실 제일 안쪽에 장비를 들여놓았다. 타투 장비도 비쌌

지만 위생을 위한 소모품을 구비하는 데도 만만찮은 비용
이 들었다. 내 작업이 노출되지 않도록 기둥 옆으로 철제
파티션을 설치했다. 제법 샵인샵 느낌이 났다.

준비를 마친 다음 무엇을 해야 좋을지 막막했던 내게 곽
현주는 모객하는 법이라든가, 타투 작업실을 상업화하는
방법을 전수해 주었다. 모객은 SNS로 시작해서 입소문 타
는 방법이 최선이라고 했다. 계정을 따로 만들어서 샘플 도
안을 부지런히 올리라고도 했다. 그녀는 타투이스트로서
가져야 할 자세, 사명감과 책임감 같은 것도 끊임없이 언급
했다. 곽현주도 조커도 아닌 진짜 사수 같은 느낌이었다.

나는 종종 곽현주가 너무 친절한 게 아닌가 생각했다.
혹시 과거에 대한 사과인가 싶다가도 그 오래된 일을 입 밖
에 꺼낸 적은 피차 한 번도 없었다. 그러니 곽현주가 그 시
절의 자신을 어떻게 생각하는지 나는 알지 못한다. 적어도
당당하지 않다는 건 느껴졌다. 벌어진 앞니를 지금까지 방
치하는 것도 그녀만의 의도가 있다고 생각했다. 철이 없었
다느니 어렸다느니 기억나지 않는다느니 그런 변명을 하는
것보다 아무 말 하지 않는 게 좋았다. 함께 보낸 아픈 시절
을 서로가 어떻게 품고 있는지 입을 여는 순간, 그 입이 현

재마저 갉아 먹을지도 모른다. 이대로가 좋았다. 그래야 나도 그녀를 원망하는 마음들을 억지로 버리지 않아도 되니까.

사람의 몸에 했던 첫 타투는 내 몸에 했던 셀프 타투였고 타인의 몸에 한 첫 타투의 대상은 곽현주였다. 그리고 드디어 첫 고객이 생겼다.

개선장군이라는 닉네임을 쓴 남자. 우리는 오픈 채팅으로 오랫동안 대화를 주고받았다. 나는 아주 사소한 것까지 질문했다. 그가 작업실에 방문하기 전에 도안을 완성하고 싶어서였다. 학교폭력 피해자라고 밝힌 그는 어릴 적부터 허약한 몸이 늘 불만이었다고 말했다. 타투를 해서 강해 보이고 싶다고 했다. 나는 조금 헷갈렸다. 메모리 타투를 내세운 모리가 해도 되는 작업인가 싶었다. 곽현주는 처음부터 너무 선을 긋지 말라고 조언했다. 그래서 그의 작업을 하기로 예약했다. 예약금이 들어왔다. 나는 열심히 도안을 그렸다.

생애 첫 고객과 대면했을 때, 그가 너무 어려 보여서 적잖이 당황했다. 나이를 물어야 하나. 거짓말을 하면 어쩔 수 없지 않을까. 이럴 때는 어떻게 하지? 간절한 표정으로 곽현주를 쳐다보았더니 그녀가 대신 처리해주었다.

"너 고딩이지? 민증 까 봐."

"고딩 아니거든요? 근데 왜 반말이에요."

"그러니까 민증 까 보시라고요. 미성년은 안 받는다고요."

"그쪽한테 예약한 거 아니잖아요."

고객이 나를 쳐다보았다.

"저 분이 사장님이라서……"

나는 슬그머니 대답을 흘리고 자리를 떴다. 그랬더니 녀석이 큰 소리를 냈다.

"아, 씨팔! 이거 원래 불법이잖아! 원래 불법인데 무슨 미성년자를 따지고 있어! 확 신고해 버릴까."

떨리는 목소리로 입만 나불거리고 있는 깡마른 녀석 앞으로 곽현주가 다가갔다.

"신고해."

녀석은 언제 그랬냐는 듯 고분고분해졌다. 심지어 슬픈 목소리로 부탁했다.

"누나. 저 정말 죽고 싶어요. 초딩 때부터 왕따였어요. 보시다시피 키도 작고 말랐잖아요. 저는 어딜 가나 만만해요. 올해 졸업하는데 몇 달 빨리해 준다 생각하시고 좀 해 주시면 안 돼요?"

"여기 앉아."

곽현주는 녀석을 의자에 앉혀 놓고 물 한 잔을 내어왔다. 마주 앉은 곽현주는 녀석에게 일단 물을 마실 것을 권했다.

"너 내가 누군지 알아?"

"모르죠. 누군데요."

"조커. 타투에 관심이 있으면 들어봤을 텐데?"

"헐. 진짜예요? 누나가 조커예요? 조커가 여자예요?"

"잘 들어. 어디를 가든 제대로 된 타투이스트는 미성년자를 받지 않아. 그러니까 넌 졸업할 때까지 몸에 타투가 없는 게 맞아. 타투를 한다고 널 괴롭히던 애들이 안 괴롭힐 것 같니?"

"누나는 내 맘 몰라요. 안 당해본 사람은 몰라요."

"안 당해봤다고 누가 그래?"

녀석은 이내 곽현주의 설득에 매료되었다. 곽현주는 약속했다. 졸업하고 오면 자신이 공짜로 해주겠다고. 그러니 조커에게 무료로 타투를 받고 싶거든 졸업할 때까지 견디라고. 나는 파티션 너머로 그들의 대화를 엿듣다가 곽현주에게 또 한 번 감탄했다가 이윽고 한숨이 나오기 시작했다. 그렇게 설레며 기다렸던 첫 고객이 저 녀석이라니. 미성년자라니. 회유와 설득까지 해야 하는 직업이라니.

설득당한 녀석이 군말 없이 돌아가고 난 후, 곽현주는 나를 불렀다. 위로하려나 싶었다. 위로받아 마땅한 상황이었으니까. 예상과 달리 곽현주는 내게 경고를 했다.

"앞으로 미성년자인지 아닌지 확인하고 예약받아. 이건 편의점에서 담배 파는 것과 달라. 몸에 새기는 거라고."

"처음이잖아요. 처음인데 너무해요."

"처음이니까 말하는 거야. 나 없으면 어떡할 건데."

"선배가 왜 없어요. 오늘처럼 도와주면 되잖아요."

곽현주는 걱정과 한심함을 두루 갖춘 눈빛으로 나를 쳐다보았다.

첫 고객에게 호되게 당한 나는 신중해졌다. 채팅 대신 통화로만 예약하기로 결정했다. 목소리를 들으면 어느 정도 짐작되는 나이가 있으니까.

진짜 첫 고객은 삼십 대 후반의 여자였다. 그녀는 사고로 아이를 잃었다고 했다. 돌잔치도 못 해 본 딸이 장례식만 치르고 떠났다며 서글프게 울었다. 자식이 먼저 죽어 죄인처럼 보낸 세월을 하소연하듯 쏟아내었다. 다시 아이를 갖기 위해 노력 중이지만 잘 안 되는 모양이었다. 그 이유가 미안함과 죄책감 때문인 것 같았다.

"아이를 또 낳으면 먼저 간 딸을 잊을까 봐 걱정이에요. 나중에 치매가 걸려도 잊고 싶지 않아요. 잊어서는 안 되잖아요. 평생 품고 살게 가슴팍에 아이를 넣어주세요."

별이 되어버린 첫 아이를 잊지 않으려고 타투를 결심했다는 여자. 그녀는 죽은 아이의 사진을 보내왔다. 태아 사진부터 영정 사진까지 가지고 있는 사진은 모두 보낸 모양이었다. 나는 긴 고민을 하며 도안을 구상했다. 내가 도안의 구체적인 방향을 제시했을 때 여자는 그저 나를 믿겠다는 말만 했다. 언젠가 내가 필립에게 했던 말이었다. 당신을 믿는 거로 안 될까요? 그때 필립의 표정은 감동한 사람의 것이었다. 부담스러움이 전부인 지금의 내 마음과 견주어보니 나는 한참 멀었다는 생각만 들었다. 신뢰받았을 때 뿌듯한 타투이스트가 되려면 실력과 자신감이 필요했다.

예약한 날, 여자는 남편과 함께 왔다. 두 사람 모두 검은 옷을 입었다. 여자보다 남편이 더 긴장한 모습이었다. 사실, 남편과 상의했냐는 질문을 해야 할지 말아야 할지 고민하긴 했었다. 자신의 몸에 타투를 입히는 일을 누군가와 상의해야 하는 일인지, 성인이 타투를 할 때 가족이나 보호자의 허락을 구해야 하는 일인지 묻는다면…… 아니오. 개인적인 대답은 그렇다. 아니오. 그렇지만 내가 작업한 타투 때문에 가정에 분란이 생기는 건 원치 않는다. 위로와 회복. 그 외에 어떤 것도 끼어들지 않기를 바라는 마음은 욕심이 아니라 목표였다.

그녀의 왼쪽 가슴 아래에 갓난아기를 그려 넣었다. 아기의 입속에 그녀의 유두가 들어간 도안이었다. 여자는 타투를 받는 내내 울었다. 옆에서 지켜보던 남편도 마찬가지였다. 두 사람의 마음이 어떤 상태일지 나는 누구보다 잘 알고 있었다. 어쩌면 내가 영화를 만났던 것처럼 여자도 아이를 만나고 있을지도 모른다. 오랫동안 만나게 해주자. 나는 예전에 필립이 그랬던 것처럼 그녀의 눈물 템포에 맞게 잠깐씩 작업을 멈춰주었다. 멈출 때마다 여자는 크게 울었고 나는 말했다. 울어요. 울어도 돼요.

생각보다 몸도 마음도 힘든 작업이었다. 작업하는 내내

긴장의 연속이었다. 이 일을 얼마나 오래 할 수 있을지 걱정될 정도로 에너지가 많이 필요했다. 상처받은 사람의 회복을 돕는 일은 어쩌면 세상에서 가장 힘든 일일지도 모른다. 가끔은 너무 겁 없이 뛰어든 건 아닐까 불안과 걱정이 엉킨다. 그러나 알고 보면 다들 그런 일을 하면서 산다. 선생님도 의사도 소방관도 예술가도 엄마도 할머니도 다 사람을 살게 만든다. 살게 만드는 건 살리는 일이다. 살아낸, 살아난 사람들은 또 다른 사람들을 살린다. 그 마음들의 기저에는 분명 상처가 있을 것이다. 회복한 상처. 그들은 먼저 깨달은 사람들. 회복 불가능한 상처는 없다는 걸 아는 사람들. 그래서 살리려고 한다. 할 수 있다면 나도 사람을 살리고 싶었다. 깊이를 알 수 없는 절망 속에서 발버둥치며 죽어가는 마음을 한 뼘만 끄집어내면 숨이 쉬어진다. 모두 그렇게 살아간다.

여자가 전신 거울 앞에 섰다. 여자의 가슴에 아기가 안겨 있다. 아기는 엄마를 바라보며 젖을 빤다. 여자는 울지 않았다. 거울에 비친 여자의 얼굴에 미소가 피어났을 때, 그녀를 바라보는 남편의 얼굴에서 안도와 만족을 보았을 때, 그제야 겨우 고된 생각들이 사라졌다. 살면서 느껴보지 못했던 보람. 뿌듯함. 말로 표현할 수 없는 이상한 기분. 부부는 아이를 가슴에 안고 돌아갔다. 몇 달 뒤, 여자로부터 임신했다는 연락을 받았다. 마치 내가 아이를 가진 것처럼 기뻤다.

그녀를 시작으로 타투이스트의 삶에 조금씩 익숙해져 갔다. 타인의 기억을 곱씹는 시간은 숭고했고 그것을 그림으로 옮기는 작업을 할 때는 책임감이 무거웠다. 고객과 상담하고 소통하면서, 때론 위로하고 때론 같이 슬퍼하면서 김민정의 내면은 성장하고 있었다. 한편, 내가 이 직업에 익숙해지기를 오랫동안 기다린 사람이 있었다. 곽현주였다.

✻

조커 앞으로 등기가 날아왔다. 뉴욕에서 발행한 타투 아티스트 라이센스였다. 미국에서 타투이스트로 활동하려면 자격증이 필요하다는 건 알고 있었다. 나는 라이센스 앞에 붙은 아티스트라는 단어에서 눈을 떼지 못했다. 타투가 의술에 가까운지 예술에 가까운지 이제는 헷갈리지 않는

다. 상처를 치유하기 위해서만 타투를 한다면 의술이라 해도 부정하지 못하겠지만, 멋이나 개성을 위해서 하는 경우가 많다. 의술은 멋일 수 없다. 타투는 예술이다. 예술이어야 한다. 나는 조커가 자격증을 작업실에 전시할 줄 알았는데, 아니었다. 그녀에게는 다른 계획이 있었다.

곽현주는 예술인 취업 비자를 받았다. 국내외 타투 컨벤션에서 심사위원으로 활동한 월드 클래스 조커에게 취업 비자 발급은 아무것도 아니었다. 조커 정도면 전 세계 타투 스튜디오가 앞다투어 보증을 선다. 라이센스와 취업 비자를 조합해 보니 곽현주의 계획을 짐작할 수 있었다. 나는 이 중요한 사안을 취업 비자가 나온 날에야 알게 되었다. 조금 섭섭했지만 별다른 내색을 하지는 않았다. 섭섭한 마음은 애틋함에서 오고 그것들은 모두 사랑의 끄나풀이라는 걸 알아서, 우리 사이에 보풀만 한 끄나풀이라도 존재한다면 민망할 것 같았다.

그녀는 한국을 완전히 떠날 생각이었다. 더 확실하게 들키지 않는 방법을 선택한 것이다. 곽현주는 덤덤하게 말했다. 타투가 불법인 한국에서 타투이스트로 사는 것도 힘든 일이지만, 이 나라에서 장애인으로 사는 데에도 매번 용기나 싸움이 필요했다고. 그 두 가지 조건을 다 가지고 있는 곽현주는 이 나라를 떠나기로 결심한 모양이었다. 타투가 법제화되지 않는 미개한 나라에서 살고 싶지 않다고 했다. 장애인을 존중하지 않는 이기적인 나라를 떠나고 싶다고 했다. 그녀의 유일한 가족이었던 엄마가 지병으로 사망한 후에 결심한 것 같았다.

"너도 알다시피 K-타투는 세계적으로 인정받고 있잖아? 내가 볼 때 한국인 특유의 섬세한 타투 실력에 세계가 열광하고 있는 것 같아. 그런데도 이 나라는 참 꾸준히 제자리걸음이야. 인재들을 빼앗기는 줄도 모르고."

그녀의 말대로 또 하나의 인재가 한국을 떠날 준비를 한다. 아니, 버리려는 중이다. 해외에서 자주 활동하는 타투이스트들은 그렇게 한국을 버리곤 한다. 자신의 직업을 유일하게 불법으로 취급하는 자국을. 가족과 친구가 있는 모국을.

국내 타투 시장 규모는 이미 1조 2천억 원을 넘어섰다. 유명한 타투이스트에게 예약하기 위해 몇 달씩 기다리기는 예사다. 고객들은 타투가 합법이든 불법이든 상관하지 않는다. 예약이 밀리면 애가 탈 뿐. 합법화만 된다면 폭발적인 인기를 누리게 될 문화다. 물론 그런 이유로 반대하는 타투이스트도 있다. 합법화가 되었을 때 직업인으로서 지켜야 하는 것들과 세금 등의 문제. 직업으로 인정받았을 때 더 커질 경쟁. 내부에서 일어나는 이런 균열이 크지는 않았지만 존재했다.

곽현주는 내 허벅지에 스타킹 찢는 여자를 새겨주었다. 모국에서 하는 조커의 마지막 작업이었다. 그 작업이 끝난 후 작업실을 내게 넘기겠다고 말했다. 별다른 조건은 없었다. 건물이 곽현주 명의라는 걸 그날 알았다. 조커 정도 수입이면 건물주가 되고도 남지. 따로 월세를 낼 필요는 없고 건물 관리만 해 달라고 했다. 말도 안 되는 조건이었다. 우리나라에서 타투 작업실을 임대하는 건 쉬운 일이 아니다. 임차인이 대부분 어르신이고 그들은 타투 작업실을 거부했다. 조폭들이 드나들 거라는 편견도 있었고 문신 자체를 혐오하기도 했다. 그러니 나로서는 곽현주의 제안이 고마울 따름이었다.

작업실을 정리하면서 그녀가 말했다. 자신이 떠나고 나면 작업실을 하얗게 바꾸라고. 조커에게는 까만색이 어울리지만 모리에게는 까만 것보다 하얀 게 어울린다고. 왜 그렇게 생각했는지 모르겠지만, 모리에게 하얀색이 어울리는지도 잘 모르겠지만, 나는 파랗게 바꾸고 싶었다. 기억. 추억. 파랑.

곽현주는 떠나기 전날 밤에 우리 집 앞으로 찾아왔다. 나는 늦은 저녁을 먹는 중이었다. 중요한 일인가 싶어서 수저를 내려놓고 서둘러 나갔다. 곽현주는 숨을 몰아쉬는 내 앞에서 별안간 무릎을 꿇었다. 그리고 용서를 빌었다. 그 시절의 모든 민정이에게 사과한다고. 잘못했다고. 한쪽 무릎을 꿇을 수 없어서 한쪽 발을 앞으로 쭉 뻗은 그녀는 내내 흔들렸다. 지나가는 사람들이 쳐다보았다. 가만 서서 구경하는 사람도 있었다. 나는 아무 말도 하지 못했다. 이걸 받아들여야 할까. 그 시절의 모든 민정이 대신 내가 그녀를 용서해도 되는 것일까. 어쩌면 나는 이미 용서했는지도 모른다. 곽현주를 사수로 삼았을 때부터. 그녀에게 모든 기술을 전수 받으면서. 함께 작업실을 쓰기 시작하면서. 확실한 시점을 꼽을 수는 없었다. 분명한 사실은 조금씩 우리의 과거를 잊어가고 있었다는 것이다.

"민정아, 그땐 정말 미안했어."

사과할 때 곽현주는 모리가 아닌 본명을 불렀다. 그녀가 용서를 빌어야 하는 상대는 모리가 아니라 민정이었으니까. 아니다. 곽현주가 진짜 미안해해야 할 사람은 영화였다. 영화가 곽현주와 어울리지 않았더라면 더러운 소문의 주인공이 되지도, 불량 학생이라는 낙인이 찍히지도 않았을 것이다. 그랬다면 죽지 않았을지도 모른다. 진심 어린 사과를 받았지만 나는 그녀의 마음을 편하게 해주지 않았다. 함께 일하는 동안 줄곧 잊고 살았으면서 막상 그녀가 인정하고 사과하는 걸 보니 그때 감정이 불쑥 찾아온 것이다. 기세가 역전되었다는 것도 알아차렸다.

"이제 와서 왜 사과를 하는 거예요? 무슨 의미가 있겠어요?"

나는 곽현주의 사과를 약점으로 느낀 게 분명했다. 자신의 잘못이나 결함을 인정하는 사람에게 그것만큼 확실한 약점은 없을 테니까. 자신이 인정한 이상 어떤 무례함이나 공격도 감당할 준비가 된 상태일 테니까. 거만하고 인정머리 없는 나의 대답에 곽현주는 한마디도 하지 않았다. 마지막 대화는 그렇게 끝났고 덕분에 우리는 어색한 이별을 해야 했다.

밤새 한숨도 자지 못했다. 기술적으로 물질적으로 받을 건 다 받아놓고 마음만은 받아주지 않는 사람. 이기적이고 한심한 그런 사람이 다름 아닌 나였다. 다른 사람의 회복을 돕겠다던 마음이 증오와 아집으로 가득하다니, 고약한 모순. 지독한 이중인격자. 그렇게 불편한 마음으로 헤어질 수는 없었다. 불편한 이별이 얼마나 사람을 핍박하는지 겪지 않았던가. 무릎까지 꿇은 사람은 후련하게 떠날지도 모르지. 어쩌면 영화도 후련하게 갔을지 모른다. 남겨진 사람만 앓아야 하는 게 이별 공식이라면 반복할 수는 없었다. 용서하지 못하는 것도 잊지 못하는 것도 사는 내내 형벌 같았다. 용서도 망각도 자신을 위해 하는 것이었다. 살기 위해서, 회복하기 위해서.

아침 일찍 공항으로 향했다. 항공 스케줄을 모른 채 무작정 갔다. 오전 비행이라는 것만 알고 있는 상태였다. 공항 입구에서 그녀에게 전화했더니 받지 않았다. 일일이 찾아다닐 수밖에 없었다. 오랜만에 느끼는 막막함. 용서하기 위해 피해자가 가해자를 찾아다니는 짓궂은 상황. 우린 다시 만날 수 있을까. 만나지 못하면 어쩔 수 없지. 가슴에 돌덩이로 남기는 수밖에. 그것 또한 운명이라고 생각하자.

이런저런 복잡한 마음으로 공항 로비를 어슬렁거렸다. 화장실, 식당, 환전소. 한 번쯤은 들를 것 같은 장소 앞에서 길 잃은 강아지처럼 배회했다. 그녀는 어디에서도 보이지 않았다.

시간이 흐를수록 인파는 점점 늘어났고 시야가 복잡해질수록 다 부질없는 짓이라는 생각이 들었다. 그래, 이만큼 했으면 됐지. 포기하고 돌아가려던 찰나였다. 사람들의 시선이 한곳으로 쏠렸다. 덩달아 무심코 바라본 카페에서 믿을 수 없는 장면과 마주했다. 사람들의 이목을 끈 대상은 커피를 들고 카페에서 나오던 곽현주였다. 놀랍게도 그녀는 반바지를 입고 있었다. 반바지라니! 반바지를 입고 의족을 드러낸 채 당당히 공항을 활보하는 곽현주. 뭐 저렇게 멋진 거야, 생각하다가 너도 참 안됐다는 오지랖으로 바뀌었다.

그녀가 서울로 전학 오지 않았더라면 얼마나 멋진 여자가 되었을까. 그녀의 아빠가 가정 폭력 가해자가 아니었다면, 그녀의 엄마가 재력 있는 집 딸이었다면, 그녀가 붉여우파를 만나지 않았더라면. 하나 마나 한 생각이지만 반바지를 입고 있는 곽현주를 보면서 그런 생각을 안 할 수 없었다. 한쪽에는 의족을, 한쪽에는 타투로 꽉 찬 다리를 당당하게 드러낸 곽현주. 다리가 없어도, 다리에 타투가 빼곡해도 이해받기 힘들었던 나라였다. 두 다리 사이에서 흐르던 편견의 강은 늘 범람했을 것이다. 처음엔 물속에서 허우적대다가 나중엔 잠수하는 법을 익혔고 지금은 아예 강을 건너는 여자. 자신에게 친절하지 않았던 모국을 화끈하게 버리는 사람. 이 와중에 나를 보며 웃는 여자. 이제 알겠다. 저 여자는 곽현주가 아니라 조커로 살고 있음을. 잠시 곽현주로 돌아가 내 앞에서 무릎 꿇고 용서를 빌었던 간밤의 일은 자신이 아니라 나를 위해서였다. 이제 나는 완전한 회복을 할 수 있을지도 모른다. 김민정이 아니라 모리로만 살 수 있을지도. 다 괜찮아질지도.

해사한 얼굴로 내 앞에 다가온 곽현주에게 말했다.

"잘 지내세요. 당신은 나의 사수일 뿐입니다. 조커로만 사세요. 저도 모리로만 살게요."

"용서해 줘서 고맙다. 모리."

"용서할 기회를 줘서 고마웠어요. 조커."

우리는 악수도 포옹도 하지 않았다. 딱 거기까지가 알맞은 이별이었다.

그녀가 떠나자마자 나는 작업실을 새로 페인팅했다. 곽현주가 원한대로 하얗게. 포인트 벽으로 주황과 초록을 선택했다. 지하로 내려오는 계단 벽에는 파란색 페인트를 칠하고 밝은 조명을 달았다. 어차피 오고 가는 사람들은 불법인 줄 아는 마당에 숨고 싶지 않았다. 건물주 눈치를 볼 필요도 없었다. 그저 동네에서만이라도 타투 이미지를 바꾸고 싶었다. 아기자기한 소품으로 내부 인테리어를 완성한 후 철제 현관문에 주문 제작한 자석 간판을 붙였다.

Memory Tattoo

기억을 새겨 드립니다

4부

기억을 새겨 드립니다

나는 구 년 차 타투이스트, 모리다. 꽤 괜찮은 수입과 직업적 만족도가 높은 안정된 삶을 살아가고 있다. 전직 간호사였다는 홍보 효과를 제법 보았다. 아무래도 타투 고객은 감염에 대한 두려움이 있는 법이니까. 위생이 중요한 작업인 데다가 의료인들이 타투를 의료 시술이라고 주장한 바람에 나의 전직은 고객에게 신뢰를 주게 되었다. 타투이스트가 되려고 간호대학에 간 것은 아니었지만 결과적으로 덕을 보면서 살고 있는 셈이다. 작업실 입구에 졸업장과 면허를 자랑스럽게 진열해 놓았다.

　　나는 기억을 새긴다. 모든 사람이 좋은 추억만 가지고 오는 건 아니다. 상처를 새기고 싶어 하는 사람도 있다. 증오나 복수 같은 의미가 아니었다. 자신을 가장 힘들게 했던 상처를 몸에 새겨 그걸 극복한 날들을 잊지 않으려는 마음이었다. 한마디로 살겠다는 의지. 좋은 기억을 입히면 추억을 곱씹으며 살고 상처를 입히면 극복한 자신을 곱씹으며 산다. 어느 쪽이든 살기 위해 나를 찾아온다. 기억을 입히는 타투의 특성상 고객의 기억을 자세히 듣고 때론 사진과 영상을 참고하면서 도안을 그린다. 고객의 신체 조건이나 다른 타투와의 조화를 고려해서 위치와 크기를 의논하는데, 대부분 내 의견에 따르는 편이다. 덕분에 나는 신중하고 겸손한 사람이 되어가고 있다.

주로 작업하는 건 고인이 된 사랑했던 사람이나 무지개다리를 건넌 반려동물이다. 곁에 있었다가 없어진 존재. 세월이 갈수록 자꾸 흐려지는 기억. 어떻게든 붙잡고 싶은 마음. 그것들을 가지고 나에게 온다. 지극히 개인적이고 더없이 추상적이다. 어쩌면 오염되었을 기억이라도 살아야 하는 사람에게 살 수 있는 의지가 된다면 무슨 상관일까.

인스타 팔로워는 70만 명을 넘었고 이따금 유튜브에 시술 장면을 업로드하면 조회 수는 100만을 거뜬히 넘었다. 일본, 중국, 태국 등 동남아는 기본이고 미국과 유럽까지 전 세계에 고객이 있다. 특히, 미국에서 인기가 좋다. 그들은 기억을 타투로 저장해주는 내 작업을 고귀하게 여겼다. 추억을 소중하게 여기는 사람들이었다. 그 점은 우리나라 사람들과도 닮았다. 다른 점이라면 그들은 소중한 것들을 자유롭게 몸에 새길 수 있지만 우리에겐 그 자유가 없다는 사실이었다.

내 직업은 여전히 불법이다. 딱 한 번, 의료법 위반 혐의로 500만 원의 벌금을 내야 했다. 신고한 사람은 모른다. 알아내려고 하면 못 할 것도 없었다. 그러나 신고한 사람이 누구든 내 직업이 불법인 건 사실이었다. 늘 혐의를 받고 늘 위반을 하며 가끔 벌금을 내는 일과 동료들을 의심하는 한심한 짓을 계속해야 했다. 그럼에도 내 선택을 후회한 적은 없었다. 한 사람의 몸에 소중한 기억들을 새겨주는 일은 언제나 환상적이었다. 무엇보다 고객들이 행복해했다. 웃는 얼굴을 만나는 직업. 타투를 받을 때는 울다가도 끝내는 웃는 얼굴을 본다. 그것만으로 충분히 가치 있는 일이었다.

*

　　아홉수가 다시 돌아왔다. 나는 서른아홉 살이 되자마자 지난 구 년 동안 미뤄왔던 숙제를 꺼냈다. 이제 막 이 바닥에 들어섰을 때, 그러니까 내게 타투 기술과 노하우를 가르쳐 주기 시작했던 무렵에 곽현주가 말했었다. 언젠가 내가 자기보다 유명해지면 영화의 한을 풀어주라고. 어떻게요? 내가 물었더니 일단 유명해지고 볼 일이라고 말했다. 나는 그게 무슨 뜻인지 진짜 유명해지고 나서야 알았다.

　　아무 말 없이 올린 사진 한 장에 사람들은 열광했다. 각국의 언어로 댓글이 달렸고 포스팅이 전 세계로 공유되었다. 영화의 억울함을 퍼트리는 건 문제 없었다. 다만, 이십 년이나 지난 지금에 와서 미술 선생의 성추행 사실에 신빙성을 줄 수 있을까 고민해야 했다. 성폭력 미투나 학폭 미투를 수없이 보았다. 가해자의 가해 행위를 증명할 수 없다면 2차, 3차 피해를 막을 방법이 없다는 걸 알고 있었다. 더 큰 문제는 피해자가 살아있지 않는다는 데에 있다. 망자에게 2차 피해를 줄 수 있다는 생각은 끔찍했다. 죽은 친구의 피해 사실을 고발하는 것은 사회에 어떤 파문을 불러올까. 영화의 그림은 과연 그 증거가 되어줄까?

심지어 나는 이런 고민도 했다. 괜한 짓을 해서 내가 피해 보는 건 아닐까. 어떻게 찾은 인생인데…… 그 생각을 하면서 나 자신이 얼마나 미웠는지 모른다. 죽은 친구를 몸에 새긴 인간의 이중성. 미안함과 비열함 사이. 친구의 복수와 나의 안위를 오가는 계산. 영원히 애도하고 추모하며 살 것 같았던 마음은 터치 업을 받아야 하는 타투처럼 흐려졌다. 이것은 세월의 영향인가 인격의 문제인가. 으레 자리가 사람을 만든다는 말을 증명하는 이중인격자로 남을 것인가. 우리가 만난 열넷을 기억해야 한다. 우리가 이별한 열아홉을 떠올려야 한다.

자해로 만나 죽음으로 헤어진 각별한 인연.

망각하지 말아줘.

너는 왜 모리가 되었니.

영화의 그림들을 모두 사진으로 찍어서 파일을 만들었다. 이십 년 전, 그날의 신문 기사도 캡쳐했다. 내 허벅지에 새긴 그림, 여자가 스타킹을 뜯고 있는 타투는 이미 유명하다. 그 의미를 아무도 모를 뿐. 나는 영화의 사연과 사진과 기사를 모두 업로드했다. 곽현주와 필립과 소라가 포스팅을 공유하면서 힘을 보탰다. 그들도 만만치 않은 인플루언서였다.

그렇게 대리 미투를 자행했고 단 하루 만에 쓰나미 같은 일들이 벌어졌다. 확인할 엄두가 나지 않는 수많은 댓글과 메시지, 카톡과 전화, 기자들의 접촉. 가장 놀라운 일은 미술 선생의 움직임이었다. 똑똑하고 발 빠른 사람들의 추적 덕분에 미술 선생의 최근 근황을 알게 되었다. 놀랍게도 그는 여전히 미술 선생이었다. 여전히 개새끼였고. 미술 선생이 나를 명예훼손죄, 모욕죄 등으로 고소했다. 한 치의 오차도 없이 예상대로 움직이는 사람이었다.

시작한 이상, 이겨야 했다. 영화의 명예가 달려있다. 나는 개새끼한테 고소당한 사실도 업로드했다. 미술 선생은 한국의 파렴치한으로 온 세상에 낙인찍혔다. 기사가 계속 쏟아졌고 생방송 뉴스에 보도되기도 했다. 그는 결국 고소를 취하했다. 영화 사건은 너무 오래되어서 기억나지는 않는다고 변명한 인터뷰를 보았다. 본의 아니게 상처를 주었다면 지금이라도 사과를 하고 싶은데 당사자가 고인이라

달리 방법이 없다고 말했다. 그 말을 하면서 얼마나 마음을 놓았을까. 영화가 죽어버려서 얼마나 고마웠을까.

학교에서는 개새끼를 추방했다. 곧 정년을 앞둔 그에게 학교에서 아량을 베풀지 못한 이유는 피해 사실이 줄줄이 나왔기 때문이었다. 똥을 끊지 못한 개새끼 덕분에 나는 생각지도 못했던 아군들을 만났다. 죽지 않고 살아있는 수많은 피해자의 증언. 피해자들이 평생 없애지 못하고 간직한 녹음 파일과 녹화 영상. 죽은 영화의 한을 풀어주기 위해 일면식도 없는 사람들이 용기를 내어 증거를 내놓았다. 영화의 일로 내가 그를 고소할 수는 없었지만 살아있는 피해자들은 할 수 있었다. 그러나 쉽지 않았다. 설령 피해를 보았더라도 평범한 사람들에게 고소는 부담스러운 일이었다. 억지로 설득할 수 없었다.

법적인 처벌은 포기해야겠다고 생각할 무렵 한 사람이 나섰다. 나와 이름이 같은 박민정이라는 여자. 그녀는 미술 선생 때문에 대안학교로 옮겨야 했을 정도로 큰 피해를 본 사람이었다. 용기 내어주어 고맙고 그 시절의 박민정을 조금이나마 돕기 위해 법적 절차 및 비용은 내가 처리하겠다고 했다. 그녀는 사양하지 않았고 나는 신속하게 일을 진행했다. 이미 이슈가 된 사건이어서 재판 과정과 결과가 여러 매체에 공개되었다.

개새끼는 법정에서 이렇게 말했다고 한다.

"미술 수업의 특성상 충분히 접촉은 있을 수 있습니다. 기억은 왜곡되기 마련이고 이건 마녀사냥입니다."

그는 일 년의 징역형을 선고받았다.

사건은 그렇게 종결되었고 묵은 숙제를 해치웠지만 내 내 신경 쓰이는 말이 있었다. 개새끼의 입에서 나왔던 기억의 왜곡이라는 말. 기억, 영화, 곽현주, 눈물, 타투, 그리고 커피. 그런 단어들이 머릿속을 어지럽게 했다.

참을 수 없었던 나는 필립을 만나러 갔다. 그는 여전히 제로 머니 간판을 단 작업실에 있었다. 다짜고짜 쳐들어간 나는 필립에게 물었다.

"그때 제게 먹인 커피의 정체가 뭐예요? 릴렉스 커피라던."

"그걸 믿었어요? 지금까지? 그런 커피가 있을 리 없잖아요. 커피는 카페인인데."

필립이 웃으며 말했고 나는 믿을 수 없을 만큼 화가 났다.

"그런데 왜 속였어요? 왜!"

"민정 씨처럼 모두 그걸 믿으니까요. 인간의 20%가 망상을 경험한다고 해요. 그건 믿음에서 비롯되죠. 믿으면 믿게끔 뇌가 조종되거든요. 커피는 아무런 역할을 하지 않았어요."

"영화를 만났던 일들이 다 망상이란 거예요?"

"그렇게 말하지는 않았어요. 그 커피가 원인이 아니었다는 말입니다."

"어째서 내가 영화를 보는 걸 알면서도 계속 거짓말을 했어요?"

"만나야 할 것 같아서. 조커 앞에는 절대 나타나지 않는 그 친구를 민정 씨는 만나야 할 것 같아서."

"당신이 영화를 알아요? 조커가, 아니 곽현주가 영화를 기다렸어요?"

"그날 말이에요. 이십 년 전에 오토바이 사고 났던 날. 우린 그 영화라는 아이를 만나러 가던 길이었어요. 미술 선생 얘기를 듣고 현주가 흥분하면서 우리 집 앞에 왔더라고요……"

나는 필립이 무슨 말을 하는지 알 수 없어서 그의 입술만 하염없이 바라보았다. 목젖 아래에 있던 나뭇가지가 그의 턱선까지 올라왔고 하마터면 입술에 꽃이 필 것 같았다. 그러니까 곽현주가 영화를 도와주러 가다가 다리를 잃었다고? 그러니까 영화가 죽던 날, 곽현주는 다리를 잃었다고? 그 말을 지금까지 내게 하지 않았다고? 오래간만에 곽현주에게 분노가 일었다. 하나도 멋지지 않았다. 그런 건 전혀 멋져 보이지 않았다. 영화를 위해 아무것도 하지 못했던 내가 사는 내내 죄책감과 분노에 젖어있는 걸 보면서 얼마나 비웃었을까.

"혹시, 조커가 저의 존재를 이미 알고 있었나요?"

"……"

"시팔."

"민정 씨. 그건 현주 탓이 아니었어요."

"됐고, 지금 작업해 줘요. 영화를 만나야겠어요. 그 커피가 뭔지 모르겠지만 먹고 죽어도 좋으니 영화를 보게 해주세요."

"네? 오늘은 제가……"

필립은 울고 있는 나를 보았다. 나는 흔들리는 필립을 보았다.

"프리핸드로 지금, 당장."

"프리핸드? 그건 위험하죠. 진짜 원하시면 제가 도안을 준비한 후에 하는 게 어떨까요?"

"지금요. 영화를 만나야겠어요."

나는 정수기 앞으로 가서 그가 매번 가져다준 가짜 릴렉스 커피를 탔다. 연거푸 석 잔, 넉 잔을 마신 후 작업실로 향했다. 필립은 내 고집을 꺾지 못했다. 구 년이나 날 속인 사실에 일말의 미안함이나 죄책감도 있었을 것이다. 그가 담배를 들고 밖으로 나갔다.

돌아온 필립은 말없이 조명을 켜고 작업 카트를 밀었다. 라텍스 장갑을 낀 그는 지름 0.35mm의 원형 라이너를 끼우고 있었다. 보통은 0.30mm를 쓴다. 얇을수록 섬세한 작업이 된다. 말은 그렇게 해도 타투이스트로서 필립은 과감했다. 뭘 그리려고 그러는지는 모르겠지만 뭘 새기든 상관없었다. 나는 영화를 만나야 했다. 사실인지 아닌지 물어야 했다.

다섯 시간 동안 영화는 나타나지 않았다. 커피를 계속 마셨지만 영화를 만날 수 없었다. 정말 거짓말이었나? 기억의 왜곡? 망상? 하염없이 영화를 기다리는 사이, 내 종아리에는 트라이벌 타투가 생겼다. 나는 트라이벌을 좋아하지 않았다. 그건 고대 원주민이나 부족들이 하던 문양에서 비롯했는데 내 취향은 아니었다. 나는 내 몸에 새긴 모든 타투가 하나의 연결된 스토리이기를 바랐다. 한 편의 소설처럼. 그러니 트라이벌은 마치 쓸모없는 각주 같았다. 하지만 프리핸드를 원한 건 나였다.

타투를 끝낸 필립은 내 눈치를 살폈다. 왜 하필 트라이벌이냐고 묻지 않았다. 그게 중요하지 않을 만큼 내 신경은 영화에게 가 있었으니까. 필립이 털어놓은 의도는 의미심장했다.

"트라이벌만 없는 것 같아서 그걸로 했어요. 타투이스트가 장르 별로 하나씩 있어야죠. 꼭 그런 건 아니지만 이건 기다림의 의미예요. 프리핸드에도 적절하고."

나는 새로 새긴 타투를 한참 바라보았다. 내가 선택하지 않은 타투는 처음이었다. 콧볼에 맺힌 눈물이 대롱거리다가 떨어졌다. 종아리가 아니라 가슴팍으로. 트라이벌 문신은 주술적인 의미도 있었다. 주술. 문신 안에 미래를 가두는 마법. 끝내 나타나지 않는 영화가, 앞으로도 나타나지 않을 것 같은 영화가 내 종아리에서 잠들었다고 생각할 수

밖에 없겠다. 망상이어도 좋다. 어쩔 텐가. 내 친구 영화가
이제는 안식을 얻었기를 바랄 수밖에. 내 다리를 베고. 평
온하게.

＊

　아빠는 팔순을 맞이해서 타투를 하고 싶다고 했다. 팔
순에 하려고 구 년을 기다렸다고 했다. 아빠는 환갑이 되
자마자 갑자기 도박도 끊고 여자도 끊었다. 환갑에 맞춰서
끊으려고 기다렸다는 말에 가족들의 원성을 샀다. 칠순에
는 담배를 끊었다. 술만 끊지 못했다. 나이 팔십에 타투를
하겠다는 아빠를 아무도 말리지 않았다. 자꾸 뭔가 끊으려
고만 했던 사람이 하고 싶은 게 생겼다는 말에 엄마는 좋아
하는 것 같았다. 아빠에게 어떤 타투를 하고 싶냐고 물었
지만, 아빠는 모르겠다고 했다. 그래서 나는 아빠의 기억
을 돕기로 했다. 구 년이나 해왔던 일이었다.
　"아빠가 제일 기억하고 싶은 게 뭐야?"
　"할머니."
　"왜?"

"엄마니까."

"할머니 말고는? 사람이 아니어도 돼. 막연해도 되고."

아빠는 골똘히 생각하다가 말했다.

"마사오."

"마사오가 누군데? 일본 사람이야?"

"아빠 어릴 때 키우던 개."

"개 이름이 마사오라고?"

"할머니 이름이 마츠시마 미치코였어. 창씨 개명한 거지. 그래서 우리 집 개들은 다 일본 이름을 지어줬어. 마사오는 아빠보다 네 살 어렸지."

"아…… 우리나라가 독립하고 한참 뒤에 태어난 개한테 창씨 개명을 해줬구나."

옆에서 엄마가 큰 소리로 웃었다. 아빠는 아랑곳하지 않고 얘기를 계속했다.

"마사오는 아빠가 군대 갔을 때 죽었어. 밥도 내가 주고 간식도 내가 주고 나만 보면 좋다고 뛰어왔는데 내가 군대에 가버렸지. 나라가 마사오를 외롭게 만든 거야."

"그랬구나. 마사오가 좋아했던 것들 기억나? 개껌 같은 거?"

"개껌? 그런 게 없었지."

"아빠 기억도 흔한 거네. 반려동물은 요새 흔하니까. 마사오라는 이름 말고는."

아빠는 흔하지 않을만한 기억을 찾으려고 애쓰는 것 같았다. 흔하다고 나쁜 건 아니었다. 중요한 건 흔한 존재와 흔한 기억 속에서 자신만의 의미를 찾는 거였다.

"아빠가 중학교 졸업한 날 할머니가 뒷마당에서 키우던 토종닭을 삶아줬어. 평상에 앉아서 닭 다리를 들고 막 뜯으려고 하는데 마사오가 달려들어서 그걸 물고 간 거야. 그때는 닭을 개한테 주면 안 된다는 사실도 몰랐어. 그냥 뺏긴 게 화가 났지. 내가 서둘러 쫓아갔지만 마사오는 벌써 텃밭 너머로 사라지고 있었어. 그 후로 평상에서는 음식을 먹지 않았어. 그게 뭐라고. 닭 다리 좀 주면 어때서."

그런 얘기는 엄마도 처음 듣는 모양이었다. 엄마가 물었다.

"그래서 개는 왜 죽었는데?"

"내가 군대 가고 나서 마사오가 매일 대문만 쳐다봤다더군. 밥도 안 먹고 하염없이."

"세상에. 외로워서 죽은 거야? 당신이 그리워서?"

"어머니 말씀으로는 갈 때가 된 거라고 상심하지 말라고 하셨는데."

"몇 살에 죽었는데?"

"열일곱 살."

엄마는 마사오의 나이를 듣고 심드렁하게 말했다.

"갈 때 된 거 맞네."

"이 사람아. 갈 때가 언제인지 누가 알아. 내가 있었으면 더 살았을지 어떻게 아느냐고."

"뭘 버럭대기는. 혹시 어머니가 잡아 잡수신 거 아니야?"

아빠는 눈을 동그랗게 떴다. 미처 그런 의심을 해 본 적은 없었다는 듯이. 그렇다. 기억이라는 건 아무리 오래되어도 버럭댈 수 있고 의심할 수도 있고 눈물 흘릴 수도 있는 거였다. 그래서 사람들은 소중한 기억들을 몸에 새기길 원한다. 잊지 않으려고 애쓴다. 그런 사람들이 있기 때문에 타투이스트 모리가 존재하는 것이다. 나는 아빠한테 값진 선물을 할 수 있으리라는 확신이 생겼다.

과거 사진에서 겨우 찾아낸 마사오 모습이 있었다. 흑백에다가 많이 훼손된 사진이었지만 생각보다 멋진 대형견이었다. 나는 그 사진과 아빠의 기억을 토대로 도안을 만들기로 했다. 혓바닥을 내밀고 있는 개 얼굴을 그리고 주변에는 노란색 꽃잎들을 그렸다. 노란색 꽃은 이별을 의미하지만 이별은 곧 영원한 사랑일 수 있다. 그래서 사별한 사람과의 추억을 새길 때 종종 사용된다. 중요한 것은 아빠가 수십 년 전에 점처럼 새긴 타투가 승모근 양쪽에 있다는 점이었다. 나는 승모근에 각각 닭 다리와 마사오라는 이름을 작게 새기기로 했다. 마사오의 얼굴은 오른쪽 팔뚝에 해서 아빠가 자주 볼 수 있게끔 계획했다. 아빠에게 도안을 보여주려고 했더니 아빠는 보지 않겠다고 했다. 이유는 모르겠다. 딸의 실력을 믿는 건지, 아무래도 상관없는 건지.

약속한 날에 아빠가 작업실로 왔다. 살짝 긴장한 모습이었다. 나는 아빠의 긴장을 풀어주기 위해 계속 대화를 시도했다. 할머니 이야기와 마사오 이야기를 하다가 아빠가 바람피웠던 얘기를 꺼내자 아빠는 입을 닫았다. 인제 와서 아빠를 원망하려고 꺼낸 말은 아니었다. 죽기 전에 엄마한테 진심으로 사과하라는 말을 하고 싶었다. 가족을 위해 칼을 든 엄마한테 고맙다는 말도 하라고 했더니 아빠는 대답하지 않았다.

승모근과 오른쪽 팔에 작업을 끝냈다. 가족한테 하는 건 처음이었다. 이젠 대상이 누구여도 어느 부위여도 긴장하지 않는다. 다만, 팔순을 앞둔 아빠가 결과물을 어떻게 받아들일지 걱정되긴 했다.

"아빠. 이 비닐은 삼 일 후에 떼는 거야. 못하겠으면 내가 해줄게. 그동안 이 비닐 속에 검은 물이 생길 건데, 그거 원래 그런 거니까 놀라지 말고. 오늘 받아가는 연고는 수시로 발라줘야 해. 가렵다고 긁으면 안 되고."

걱정은 기우였다. 아빠는 마사오 타투를 만족하다 못해 사랑하는 것 같았다. 쌀쌀한 날씨에도 마사오를 자랑하려고 반소매 티셔츠를 입고 다니곤 했다. 사람들이 타투에 관해 질문하면 긴 대화가 이어져서 좋다고 했다. 무엇보다 오랜 친구였던 마사오를 떠올릴 수 있어서, 인사도 못하고 보내어 미안했던 마음에 위안이 된다고 했다. 아빠는 탈각이 끝난 후에도 계속 연고를 발랐다. 마치 마사오를 쓰다듬어주는 것처럼 매일. 자신의 오른쪽 팔에 마사오의 영혼이 들어온 것 같다고 말하기도 했다. 아빠의 말을 듣고 나는 생각이 많아졌다. 타투와 영혼. 이질적이면서도 어쩌면 너무도 잘 어울리는 두 단어. 해 본 사람만 아는 기분.

아빠가 친구들과 연탄 구이집에서 술을 마시고 있을 때 옆 테이블에 있던 덩치들이 아빠를 자꾸 힐끗거렸다고 했다. 그들은 동네에서 유명한 건달들이었다. 그중 한 덩치가 다가와서 그 타투 어디서 했는지 물었던 상황. 아빠는 자랑스럽게 딸의 작업실을 덩치에게 알려주었다. 덩치가 나를 찾아왔다. 덩치는 온몸에 이레즈미가 있었다. 솜씨 좋은 타투는 아니었다. 덩치는 내게 무지개다리를 건넌 반려묘 키라 문신을 하고 싶다고 했다. 아마 아빠의 마사오가 마음에 들었던 모양이다. 몸통에 화려한 용이 승천하고 있는데 고양이를 해도 괜찮겠냐고 묻자, 그는 말했다. 그래서 늘 하던 곳으로 못 가고 나에게 왔다고.

이레즈미가 있다고 해서 미니 타투를 하지 말라는 법은 없지만 그런 사람은 드물었다. 보통 타투의 취향이 일관적이거나 전체 밸런스를 원하기 때문이다. 덩치에게 반려묘는 아주 특별했던 모양이었다. 그가 원한 부위는 손바닥이었다. 손바닥은 관리가 까다롭다는 것도 그는 알고 있었다. 나는 덩치에게 반려묘의 사진을 받아 도안을 그렸다. 도안을 보여주자 덩치가 활짝 웃었다. 이름이 왜 키라예요? 반려동물 작업을 하면 항상 하는 질문이었다. 그만 좀

할키라, 에서 따온 거라고 했다. 덩치는 부산 사람이었고
키라는 길고양이였다.

덩치의 손바닥에 까만 고양이 얼굴과 발바닥을 새겨주
었다. 그는 결과물을 보고 무척 만족했다. 이제 함부로 주
먹을 쥘 수 없을 것 같다고 했다. 어쩌면 다시는 주먹을 쥐
기 싫어서 그랬는지도 모른다. 이제 주먹을 꽉 쥐면 키라
가 아플 테니까. 덩치는 손바닥에 새긴 키라를 바라보며
훌쩍거렸다. 덩치에게 타투를 한 직후 나는 아빠에게 단호
하게 말했다. 어디 가서 소문내지 말라고. 당신 딸의 직업
은 여전히 불법이라고.

덩치의 타투를 본 덩치의 여자친구가 찾아왔다. 덩치를
사귀기 전에 사귀었던 남자의 이니셜을 덩치의 이니셜로
바꾸고 싶다고 했다. 세상에. 이런 멍청한 짓을 하다니. 나
는 차라리 이니셜 자체를 다른 문양으로 덮는 게 어떻겠냐
고 권하고 싶었다. 하지만 그러지 못했다. 지금 여자는 자
신의 몸에 덩치를 새기고 싶을 만큼 사랑할 테니까. 예전
에도 그랬던 것 보면 그게 여자가 사랑하는 방식인 모양이
니까. 나는 여자의 팔뚝에 있는 이니셜 T와 H를 M, B로
커버업했다. 조금 더 두꺼운 바늘을 쓸 수밖에 없어서 약

간 투박해 보이기도 했다. 이니셜 사이에 있던 하트가 상대적으로 작아지고 밋밋하게 보여서 하트에 화살 하나 서비스로 넣어주었다. 여자는 무척 만족한 표정이었다.

덩치의 여자친구는 다른 친구에게 나를 추천했고 그 친구는 또 다른 친구들을 데리고 왔다. 그런 식이었다. 타투는 그 자체가 홍보였다. 수많은 사람이 내가 한 타투를 입고 다니며 자랑했다. 정신없이 도안을 그리고 타투를 하는 동안 내 통장은 두둑해졌다. 하는 만큼, 실력만큼 버는 일. 얼마든지 시간적 여유를 가질 수 있는 직업. 간호사 때와는 전혀 다른 만족과 성취감이었다.

※

지금까지는 정기 휴무를 따로 정해놓지 않았다. 예약제로 운영되기 때문에 개인 일정에 따라 예약 날짜를 조정하면서 자유롭게 일할 수 있었다. 주말이나 연휴 기간에도 예약 문의는 많았다. 해외에서 오는 고객들은 자국의 명절 기간을 이용해서 찾아왔다. 타투 고객은 주로 젊은 층이라 야간작업 문의도 종종 들어왔다. 지방에서 온 고객에게는 시간 제약 없이 작업해 주기도 했다. 그런 건 얼마든지 배려할 수 있었다. 제일 난처한 상황은 상담도 예약도 하지 않고 불쑥 찾아오는 경우였다. 그나마 작업실이 비어 있으면 괜찮은데 작업하는 중이라면 난처했다.

5월 8일 어버이날에 예약 없이 찾아온 사람이 있었다. 젊은 남자가 노쇠한 할머니를 모시고 왔다. 타투 숍에서 보기 힘든 특이한 조합이었다.

"상담이든 작업이든 예약 안 하시면 곤란합니다."

내가 곤란해하자 젊은 남자가 말했다.

"할머니가 치매입니다. 최근에 증세가 악화되어서 자꾸 맨몸으로 집을 나갑니다. 가족들은 요양 병원에 모실 생각이 없어요. 할머니 몸에 인적사항을 새길 수 있을까 해서 왔어요. 예약해도 그날 할머니 상태가 어떨지 모르겠고 간단한 작업이라고 생각해서 왔는데……"

사정을 듣고 나니 뿌리칠 수 없었다. 처음 겪는 일이었지만 손자의 애절함이 느껴졌고 해맑게 웃고 있는 할머니 얼굴을 보니 그냥 돌려보냈다가는 후회할 것 같았다. 가족이 함께 왔다고 해도 본인 의지가 없으면 함부로 할 수 없는 게 타투였다. 더구나 인적사항이라면 더 그랬다. 작업

중 돌발 행동을 할까 봐 걱정되기도 했다. 치매 환자와 어떻게 상담을 해야 할까.

"할머니. 안녕하세요?"

일단 할머니에게 인사를 건넸다. 벽에 걸린 도안을 보고 있던 할머니가 뒤돌아보았다. 나를 빤히 쳐다보던 할머니는 천천히 내 옆으로 다가왔다. 할머니는 내 손등에 있는 빨간 장미 타투를 매만지며 말했다.

"아이고 곱다."

그건 내가 처음으로 했던 셀프 타투였다. 남자가 다가와 할머니 손을 내 손에서 떼어냈다.

"할머니. 이 장미 갖고 싶으세요? 드릴까요?"

지극히 의도적인 질문이었다. 할머니는 고개를 끄덕였고 나는 그것을 의사 표시로 받아들였다. 할머니가 길을 잃는 것보다, 가족들이 할머니를 잃어버리는 것보다 타투를 하는 편이 좋을 것 같다고 판단한 것이다.

할머니를 작업 베드에 눕혔다. 원형 라이너로 할머니 손등에 드문드문 테스트하며 물었다.

"괜찮으세요? 아프지 않으세요?"

할머니는 호통치듯 대답했다.

"내가 자식을 일곱이나 낳고 암 수술도 두 번이나 한 사람이야!"

정신이 든 건지 뭔지는 모르겠지만 할머니는 진심으로 타투를 원하는 사람 같았다. 할머니 나이쯤 되면 참지 못할 통증이 있을까 싶기도 했다. 할머니는 타투가 끝날 때까지 꼼짝하지 않고 얌전히 누워있었다. 장미 한 송이는 생각보다 작업이 오래 걸리기 때문에 꽃잎 두 개를 그렸다. 꽃잎 가로선으로 전화번호를 새기면 끝나는 작업이었다. 잠시 고민하다가 전화번호 아래에 짧은 글귀를 함께 넣었다. 가끔 기억을 잃어요.

상체를 일으켜 자신의 손등을 바라보던 할머니는 방긋 웃었다. 아이처럼 마음껏 좋아했다. 젊은 남자는 손등을 매만지려는 할머니를 제지하며 내게 비용을 물었다. 나는 돈을 받고 싶지 않다고 말했다. 남자가 그럴 수는 없다고 했다.

"예약 없이 찾아온 것도 미안한데 공짜로 받을 수는 없습니다."

"그건 제 마음인데요?"

그는 입술을 앙다물었다. 이해한 건가? 마흔이 다가오

니 오지랖이 늘어간다는 걸 알고 있었지만 이건 오지랖이 아니라고 생각했다. 내게도 늙은 아빠가 있고 늙어가는 엄마가 있다. 이런 일에 값을 매기고 싶지 않았다. 솔직히 가격을 받기에도 애매한 타투였기에 차라리 재능 기부하는 뿌듯함이라도 느끼고 싶었던 것이다. 완강하게 버티던 젊은 남자는 지갑을 닫았다. 대신 몇 번이나 고맙다는 인사를 했다.

할머니를 배웅하기 위해 젊은 남자가 주차해 둔 차에 함께 갔다. 고급 외제차였다. 뒷좌석에 할머니를 태우고 차문을 닫은 남자가 내게 명함을 주었다. 남자는 운전석으로 돌아가며 말했다. 신세 갚으러 오겠습니다. 나는 잽싸게 대답했다. 안 그러셔도 됩니다. 그의 차가 주차장을 벗어난 후 명함을 들여다보았다. MP 엔터테인먼트 대표, 박민.

바쁜 일정 때문에 그의 존재를 까맣게 잊어버리고 있었는데 언젠가부터 예약하는 사람들이 그 이름을 들먹이곤 했다. 박민. 그가 운영하는 사업체는 힙합이나 댄스 아이돌 가수들을 위주로 음반 기획과 매니지먼트를 운영하는 곳이었다. 주로 찾아온 건 힙합 하는 젊은이들이었다. 유명한 사람도 꽤 있었다. 그들이 내게 받은 타투를 SNS

에 올리는 날에는 팔로워 수가 대폭 늘어났다. 그런 날에는 상담이나 예약 문의도 줄을 이었다. 신세를 이렇게 갚을 줄은 몰랐다. 박민 대표를 다시 만날 일은 없겠지만, 그래서 할머니의 안부 또한 물을 기회도 없겠지만, 나는 그 사람 덕분에 타투이스트로서 최고점을 찍게 되었다. 연예계 쪽 사람들이 계속 찾아왔기 때문이다. 사람은 역시 마음을 써야 마음을 받을 수 있다는 생각을 했다. 누구를 만나든 사람들에게 친절하고 먼저 배려해야 한다는 것. 그것이 곧 사람 적금이자 인생 적금이라는 것. 아마 어떤 직업이어도 마찬가지 아닐까 싶다. 내가 간호사였을 때, 환자들에게 조금 더 친절하게 대하고 그들의 통증에 공감했더라면 어떤 적금을 쌓아갔을지 모를 일이다.

나는 정기적으로 재능 기부를 하겠다는 공지를 올렸다. 치매나 장애가 있는 사람들을 대상으로 팔에 인적사항을 새겨주겠다는 내용이었다. 온전히 마음이 시켜서 하는 일. 손익을 계산하지 않고 베푸는 일. 생애 처음 좋은 사람이 된 기분이 들었다. 재능 기부 고객은 토요일에만 하루에 두 명으로 한정했다. 꾸준히 하기 위해서는 기존의 생활을 지키는 게 중요하다는 판단에서였다. 반응은 예상보다 뜨거웠다. 주말마다 기억을 잃어버린 사람들이 찾아왔다. 보호자와 면담할 때마다 내가 몰랐던 세상을 보게 되었다. 사랑하는 사람을 잃어버릴까 봐 전전긍긍하는 사람들. 이미 여러 번 잃어버렸던 사람도 있었다. 늙은 아버지의 손을 잡고 찾아왔던 중년의 딸은 이렇게 말했다. 죽었다면 모를까 잃어버릴 수는 없다고. 나는 자기 자신이 누구인지조차 모르는 사람들에게 이름표를 달아주었다. 그 모습을 지켜보던 가족들은 울기도 하고 웃기도 했다. 재능 기부는 이 직업을 선택한 후 가장 잘한 일 중의 하나였다.

여름이 되기 직전까지는 타투 예약이 끝없이 이어진다. 노출의 계절을 준비하는 것이다. 막상 여름이 되면 비수기가 된다. 날씨가 너무 더우면 타투 부위가 빨리 아물지 않거나 변형이 오기도 하기 때문이다. 그래서 여름이면 추운 나라의 게스트 타투이스트로 가기도 한다. 서른아홉이 되니 해외 나가는 것도 다 귀찮아졌다. 완벽하게 의사소통이 되지 않으면 곤란한 작업이기도 해서 해외 활동은 언제나 피곤했다. 굳이 게스트까지 하면서 돈을 벌지 않아도 되는 상태이기도 했고.

모든 일이 잘 풀리고 있었지만 알 수 없는 불안감이 불쑥 찾아왔다. 십 년 전의 언니 말대로 아홉수는 혼란스러운 시기였다. 나는 7월 초까지 예약을 잡고 8월 말까지 휴업을 선언했다. 삼십 대의 마지막 여름. 두 달간의 휴가를 한국에서 보낼 것이다. 하고 싶은 건 없었다. 가고 싶은 곳도 없었다. 그저 느긋하게 사십 대의 타투이스트가 가져야 할 마음가짐에 대해 고민해보고 싶었다.

마흔이 넘으면 은퇴를 고려하는 동료들이 많다. 물론 이 직업에 은퇴란 정해진 시기가 딱히 없다. 젊고 유능한 타투이스트가 늘어간다는 점과 나이가 들수록 섬세한 작업에 자신감이 떨어진다는 점이 많은 걸 고민하게 만들었다. 타투이스트는 감각과 자신감을 잃으면 끝이었다. 주위를 둘러봐도 사십 대가 마지노선이었다. 늙은 타투이스트를 찾아오는 고객은 오랜 팬이 아니면 드물었다. 현역에서 손을 떼고도 타투업을 하는 길은 하나밖에 없었다. 작업실을 유지하면서 견습생을 키우는 일. 이따금 대회에서 심사하는 일. 그러나 뒷방 늙은이처럼 살고 싶지 않았다. 생각해보니 이 일을 하면서 은퇴 이후의 삶을 고민해 본 적이 없었다. 타투이스트로 사는 매 순간이 너무 행복했기 때문이다. 은퇴 시기를 결정하는 것과 은퇴 후의 삶을 선택하는 것은 서른아홉의 내가 해야 할 가장 큰 숙제로 남았다.

※

　뒤늦게 감성 타투에 중독된 소라가 작업실로 찾아왔다. 걸어왔는지 이마에 땀이 송골송골 맺혔다. 나는 에어컨 온도를 더 낮추고 그녀를 향해 선풍기를 틀었다. 커피에 얼음을 잔뜩 넣어줬더니 생수처럼 벌컥벌컥 마셨다. 또 하려고? 내가 물었다.

　"내가 땀이 많아서 여름에는 타투를 못하겠어."

　"그렇지. 여름에는 안 하는 게 좋아. 골반 좀 보자."

　소라는 골반에 트라이벌 타투를 받은 지 보름쯤 되었다. 그 전에는 쇄골 라인에 레터링과 나비를 넣었다. 두 가지 모두 올여름 비키니를 입고 해변을 활보하기 위한 준비였다. 소라에게 타투란 보여주기 위한 것이었다. 손톱에 색깔을 넣듯이, 입술에 빨간 립스틱을 바르듯이. 최근에는 소라처럼 패션이나 멋으로 타투하는 사람들이 늘었다. 그만큼 타투의 문턱이 낮아지고 있었다. 분명 고무적인 현상이었다. 그렇지만 메모리 타투를 고집하는 나에게 소라 같은 고객은 별로 반갑지 않았다. 인터넷에 떠다니는 사진을 캡처해서 가지고 오거나 연예인의 타투를 똑같이 하려는 고객 앞에서 나는 그저 바늘 기술자가 된 기분이 들었다. 물론 그런 고객이 많은 건 아니었다. 이미 내가 메모리 타투 전문가라는 게 알려졌기 때문에 기억을 새기기 위해 찾아오는 사람이 대부분이었다. 소라가 원하는 작업을 군말 없이 해준 이유는 그녀 덕분에 이 일을 시작하게 된 고마움 때문이었다.

"잘 아물었네. 가렵지는 않아?"

"응. 이번에는 그냥 넘어가나 봐. 너 휴가 언젠지 물어보려고 왔어."

"휴가? 벌써 그걸?"

"정신없구나. 다음 주면 7월이야. 7월 말이나 8월 초가 휴가 절정이잖아. 같이 바람이나 쐬고 오자."

나는 딱히 그럴 생각이 없었다. 일단 며칠 동안 집에서 널브러지고 싶었다. 휴가철에 휴가지에 갈 나이는 지나지 않았나 싶기도 했다. 무엇보다 소라와 함께 휴가를 즐길 만큼 내게 소라는 편한 대상이 아니었다. 우리는 학창시절에도 지금도 애매모호한 관계였다. 누가 물으면 친구라고 대답할 테지만 절친이라고는 못할 사이. 초록색 손톱을 한 소라는 분홍색 티셔츠를 펄럭이며 채근했다.

"왜 대답이 없어. 안 내켜?"

"……"

"김민정. 남친 생겼어?"

"무슨 소리야. 매일 이 지하에 처박혀 있는 걸 알면서."

"하긴. 그럼 혹시 영화 때문이야?"

이건 또 무슨 소리인가. 놀란 내가 쳐다보니 더 놀란 소라가 말해주었다.

"영화 기일이 휴가철 즈음 아니었어? 너 몰라?"

소라 말이 맞았다. 영화는 삼복더위에 죽었다. 정확한 날짜는 모르겠다. 아마 계산하면 알 수도 있다. 수능 백일 전이었으니까. 그건 그렇고 내가 지금까지 영화의 기일을 모르고 지나갔다는 사실이 충격이었다. 그렇게 그리워하고 미안해하고 몸에 새기기까지 하면서 기일에 영화를 찾아갈 생각은 왜 하지 못했을까. 이십 대는 간호사로 사느라 정신없었고 삼십 대는 타투 하느라 정신없었다는 핑계는 너무 일반적이잖아. 변명이나 핑계 없이 차라리 쪽팔리거나 확실히 미안한 쪽이 낫다. 미안해. 영화야…….

"김민정. 무슨 생각하는 거야."

"그냥. 그러고 보니 올해가 딱 이십 년이네."

"그러게. 세월 참 빠르다."

"소라야. 우리 이번 휴가 때 영화한테 갈래?"

"천국에?"

"장난치지 말고. 영화 해양장 했잖아. 인천에. 우리 이십 년 만에 가보자."

"해양장?"

소라의 정보는 늘 자극적인 이슈에서 그쳤다. 영화가 왜 죽었는지, 죽은 영화는 어디에 묻혔는지 그런 건 모르고 있었다. 영화가 죽던 날 자신이 가져다준 화구 가방 속에 뭐가 들었었는지 단 한 번도 묻지 않았다. 사람들과 헐렁한 관계를 맺는 것이 소라의 방어 기제였는데, 파혼을 겪은 후에 더 심해졌다. 상처받지 않을 권리. 외면해도 가책받지 않을 정당함 같은 것들은 헐렁한 관계에서만 주장할 수 있었다. 소라는 사람들과 깊은 대화를 하지 않았다. 들은 소문을 퍼트리거나 퍼트린 소문을 더 부풀리는 식으로 사람들을 현혹할 뿐이었다.

"해양장을 했다고?"

바다에 뿌리는 거 불법 아니냐고 소라가 물었다. 우리가 하는 건 다 불법처럼 보이냐고 말했다가 소라를 민망하게 했다. 해양장이 합법화된 지가 언젠데. 물론 지정된 곳에서만 가능하지만 아예 합법 근처에도 가지 못한 타투를 생각하면 그것도 부러웠다.

"나 혼자 다녀올게. 넌 가고 싶은 곳에 가."

"거기에 가나 휴가를 가나 어차피 바다에 가는 건 똑같네. 같이 가자."

느린 걸음이었지만 소라는 분명 내게 다가오고 있었다. 여전히 관계를 두려워하면서 천천히. 나는 소라의 속도에 맞게 나란히 걷는 중이었다. 그리고 또 한 사람이 다가오고 있었다. 소라와 달리 전속력으로.

※

휴가 전에 작업실 대청소를 하기로 했다. 지하라서 자주 청소를 해줘야 하는데 바쁜 나머지 환풍기나 공기청정기에 의지해왔다. 음악을 크게 틀고 문을 활짝 열어젖혔다. 청

소기를 돌리고 먼지를 닦은 후 계단 청소를 했다. 등허리
가 땀으로 흥건했다. 양키 캔들을 워머에 넣었다. 라벤더
향이 은은하게 퍼졌다. 공기청정기를 작동시킨 후 화장실
에 들어갔다.

화장실 청소를 하고 나오는데 입구에서 누군가 서성이
고 있었다. 감색 슈트를 입은 남자는 MP 엔터테인먼트 대
표 박민 씨였다. 이번에도 약속 없이 불쑥 찾아왔다. 휴업
공지를 봤을 텐데 또 무작정 오다니. 나는 바짓단을 돌돌
말아 올리고 양손에 빨간 고무장갑을 낀 채로 그와 마주 섰
다. 할머니가 돌아가셨다고 했다. 그 비보를 전해주러 왔
을 리는 없었다.

"유감이네요. 그런데 불쑥 찾아오신 용건이 뭐예요?"

냉랭한 태도에도 그의 표정에는 여유가 느껴졌다. 분명
내가 이길 수 없는 사람이었다.

"데이트 신청하러 왔습니다."

기승전결이 없는 남자. 이런 남자는 위험하지 않을까.
그러고 보니 이십 대 이후 연애를 한 적이 없었다. 내 현재
는 늘 과거 속에 매몰되어 있었다. 열네 살이거나 열아홉
살이거나. 박민 씨 덕분에 갑자기 현실로 돌아온 기분이

들었다. 정신을 차려 보니 무려 서른아홉 살이다.

"저는 불안한 사람이에요. 함께 있는 사람도 불안하게 만들 거예요. 제게서 떨어지세요."

이토록 슬픈 고백을 듣고도 그는 웃으며 말했다.

"저는 단단한 사람이에요. 제 옆에 꼭 붙어 있으세요."

나는 할 말을 잃고 그를 쳐다보았다. 이 남자, 작정하고 왔구나.

내게는 첫 연애에서 돌발한 트라우마가 있었다. 손목에서 자해 흔적을 발견한 후 나를 벌레 보듯 하던 닥터 윤의 얼굴이 떠올랐다. 내 과거를 알면서도 나를 사랑해 줄 남자가 있을까. 열네 살 때부터 자해했던 무서운 아이. 불여우파에 불려 다니면서 반항 한 번 못했던 지질한 아이. 가장 친한 친구의 자살을 목격한 슬픈 아이. 그 어떤 것도 자랑스럽지 않았고 그 어떤 것에 대해서도 말하고 싶지 않았다. 그러나 과거를 말하지 않으면 지금의 나를 설명할 수 없었다. 어디까지 고백해야 거짓말쟁이가 되지 않을까. 그런 고민과 걱정들은 차라리 연애를 안 해도 좋을 만큼 괴로웠다. 물론 그때는 자해의 흔적들이 고스란히 흉터로 남아있었고 지금은 타투로 변했지만, 그렇다고 과거로부터 자유로운 건 아니었다. 아무래도 피곤한 일이 생길 모양이었다.

"오늘은 시작만 알리고 갈게요. 저는 SNS로 모리 씨를 충분히 관찰했습니다. 지금부터 저를 관찰하세요."

"대단히 자신만만하시네요. 상대방 의견은 배려하지도 않고."

"그것도 전략입니다. 지금까지 모리 씨를 관찰한 결과죠."

관찰했다는 표현이 몹시 무서웠다. 내가 그동안 SNS에 어떤 소식들을 올렸는지 다 기억할 수 없다. 타투이스트 모리를 알리기에 바빴고 고객 관리하느라 정신없었으니까. 사생활은 극히 제한해서 올렸는데도 나에 대해 알아낸 게 있었을까?

"대리 미투 하신 거 봤어요. 그때 처음 호감을 느꼈고요."

"아…… 혹시 그 일로 제게 호감이 생기셨다면 다시 생각하셔야 해요. 저 원래 그렇게 정의롭고 그런 사람 아니거든요."

"알아요."

"알긴 뭘 알아요?"

"신중하고 조심성 많은 스타일인 거. 그래서 그 일에 얼마나 큰 용기를 내셨을지 감이 온다는 말입니다. 멋졌어요."

"멋지려고 한 일도 아니었어요."

"그렇겠죠. 한번 멋지자고 그 큰일을 벌일 사람은 별로 없어요."

"박민 씨. 저는 좋은 사람이 아니에요."

그 말을 하고 나니 온몸에 힘이 빠져나가는 느낌이었다. 나에 관해 말하는 게 나는 아직도 힘들었다. 어쩌면 나도 소라처럼 헐렁한 관계만 맺고 싶은 건지도 모르겠다. 친구는 영화 하나로 충분했다. 슬픔, 그리움, 모든 통각을 영화와 함께했으니까. 물론 소라가 다가오고 있었지만 우리는 아직 헐렁했다. 무엇보다 이 남자는 친구가 필요해서 찾아온 게 아니었다. 그의 손목에 찬 시계를 내려다보았다. 시계 아래로 작은 레터링이 삐져나왔다. 손목. 시계. 타투. 어쩌면 우연이 아닐지도 모른다는 생각에 그의 얼굴을 자세히 들여다보았다. 무방비로 눈이 마주쳤다. 그는 웃고 나는 시선을 돌렸다.

"혹시 대전에 사는 박민정이라고 기억해요?"

"박민정? 미술 선생 고소했던 박민정 씨 말씀이세요?"

"기억하시네요. 그 애가 제 동생입니다."

"네?"

"우리 할 얘기가 많을 것 같죠? 아쉽지만 오늘은 이만 갈게요. 공항에 가봐야 해서."

"저기, 잠깐만요! 할머니도 박민정 씨도 전부 당신 기획이었나요?"

"그럴 리가요. 둘 다 아픈 사람이었는데 어떻게 그런 기획을 하겠어요. 전부 우연이었습니다. 할머니를 모시고 온 건 인스타에서 우연히 메모리 타투라는 걸 보았기 때문이에요. 민정이가 고소할 마음을 먹었다는 걸 가족들은 아무도 몰랐고요. 아, 물론 오늘 온 건 기획 맞습니다."

내가 믿을 수 없다는 표정으로 쳐다보자 그가 말했다. 가장 큰 우연은 따로 있다고. 그는 손목에서 시계를 풀었다. 내 앞에 불쑥 드러난 손목. 내가 잘 아는 시계 모양의 하얀 피부가 드러났고 그 아래 묻혀있던 타투가 보였다. 내 것과 똑같은 레터링이었다. 놀란 나는 젖은 고무장갑을 낀 손으로 그의 손목을 붙들었다. 남자를 오해하기 전에 내 머릿속에는 이미 해명이 될만한 필립의 말이 떠올랐다.

아주 오래전에 딱 한 번 작업했어요. 누군가를 지키기 위해 싸우다가 손목이 찢어진 남자였죠. 제 첫 고객이었어요.

어디가 앞이고 뒤인지, 어디까지가 우연이고 기획인지

분간할 수 없었다. 확실한 건 이 남자가 나보다 훨씬 먼저 그 단어를 새겼다는 것과 필립이라는 공통분모였다. 확신할 수 없는 건 박민정의 고소와 할머니 타투가 우연이라는 것. 확실하지도 확신할 수도 없는 건 이 남자의 의도. 풀어둔 시계를 들고 돌아서던 그가 말했다. 이 정도 우연이면 그냥 지나칠 수 없는 것 아니겠냐고.

"이제부터 우연은 없어요. 다시 오겠습니다."

남자가 떠난 후 나는 한참 그대로 서 있었다. 고무장갑에 물기가 다 마를 때까지.

＊

확인해 보니 영화의 기일은 8월 10일이었다.

소라의 차를 타고 인천 연안 부두로 향했다. 주말마다 정기 성묘 선박이 운행된다는 걸 알고 있었지만 예약하지 않고 출발했다. 어차피 영화의 분골을 뿌린 부표를 찾아도 그게 무슨 의미인가 싶었다. 이미 바다와 하나가 되었을 텐데. 나는 간밤 영화가 남긴 그림들을 불태웠다. 태우고 생긴 재를 종이봉투에 담아왔다. 숙제가 끝났으니 주인에게 돌려주고 싶었다. 이제 내 앞에 나타나지도 않는 영화에게 완전한 자유를 줄 선물이었다.

연안 부두 주차장에 주차하고 우리는 바다와 가까운 곳으로 다가갔다. 바다 냄새. 사람 냄새. 그리움과 기억의 향. 멀리 여객선 한 대가 들어오고 있었다. 이제 막 정박한 배에서 사람들이 쏟아져 나왔다. 아무래도 휴가철이다 보니 물 근처는 어딜 가나 붐볐다.

여객선 티켓을 끊기 위해 매표소로 다가가는데 사람들이 웅성거렸다. 뒤를 돌아보다가 넘어지는 사람도 있었다. 사람들의 시선은 배에서 내리는 한 사람에게 집중되어 있었다. 뭐야? 뭔데? 소라가 미어캣처럼 목을 빼고 두리번거렸다. 나는 이미 정지해 있었다. 멀리서 보아도 그녀라는 걸 알아볼 수밖에 없으니까. 우리가 마지막에 만났던 것처럼 그녀는 반바지 차림이었다. 어떻게 이런 데서 만날까. 어째서 매번 이렇게 낯선 곳에서 만나는 걸까. 선배! 내가 부르자 나를 알아본 곽현주가 선글라스를 벗으며 다가왔다. 헐. 소라의 반응이었다.

"너희 영화한테 온 거야?"

"그러는 선배는 영화 기일이라서 한국에 온 거예요?"

"다음 달에 서울에서 타투 페스티벌 있잖아. 심사를 맡았거든. 겸사겸사."

"연락하시죠. 작업실로 오시든가."

"이렇게 만나게 될 줄 몰랐지. 난 들키는 거 싫어하잖아."

곽현주의 다리를 처음 본 소라는 놀라서 말이 없었다.

"너희는 벌써 갔다 왔어?"

"아직요."

"같이 가자. 한 번 더 갔다 오지 뭐."

우리는 다 함께 여객선에 올랐다. 바다를 한 바퀴 돌아오는 내내 한마디도 하지 않았다. 모두 그날을 떠올리거나 영화를 추억하고 있을 것이다. 별로 멀지도 않은 이곳을 이십 년만에 오다니. 얼마나 야속했을까. 미안한 마음이 차올랐다. 영화의 말대로 우린 별로 친한 사이가 아니었을지도 모른다. 나 혼자 착각하면서 여전히 오바하는 건지도.

이제 누구한테 물어봐야 하니, 영화야.

이십 년 전에 우리는 너나없이 어리석었다. 그때는 모두 건강했고 모두 살아있었다. 좀 나약하거나 어리석으면 어때서 그렇게 몸부림쳤을까. 타협하는 게 왜 그렇게 어려웠을까. 자신이 자신이 아니기를 바랐던 우리. 그 시절을 함께 보낸 세 사람이 배 위에 서 있다. 나머지 한 사람은 그 배를 움직이고 있을 것이다.

타투를 한 여자 셋이 뱃머리에 서 있으니 사람들의 눈총이 따가웠다. 좀 따가우면 어때. 우리는 살기 위해 필요한 노력을 했는걸. 각자의 삶은 타인이 모르는 것들 투성이인데 좀 다르면 어때. 아니지. 많이 다르긴 하지. 오토바이도 새기고 죽은 친구도 새기고. 사랑하고 이별했던, 울고 웃었던 삶의 기억을 덧입고 있는 우리는 선박의 일부. 우리는 잊히지 않는 고통을 잊으려고 노력하는 대신 살갗에 새겨 차라리 동행을 택한 사람들. 그것이 우리를 살게 한다고 설명할 이유는 없다. 저 따가운 눈총들을 향해 변명할 필요는 더욱 없다. 눈총 세례를 받는 건 이미 익숙하기도 했고.

"선배는 매년 왔어요?"

곽현주의 긴 생머리가 휘날리며 목덜미에 있던 포트레이트가 드러났다. 담배를 물고 있는 남자의 얼굴이었다. 처음 보는 건데도 나는 누군지 알아챘다. 곽현주에게 오늘은 어떤 의미일까. 사고 난 날의 얘기는 묻지 않기로 했다.

그걸 묻거나 따질 수 있을 만큼 내가 그녀보다 나은 게 없었다.

"못 올 때도 있었지. 두 번. 한 번은 사고 때문에, 한 번은 엄마가 죽어서."

"선배와 영화는 어떤 사이였어요?"

"그런 거 딱 정의하고 그런 성격이었어?"

나는 멋쩍어 웃고 말았다.

"가족도 아니고 친구도 아니었지. 선후배라기엔 짧았고. 글쎄. 무슨 사이였기에 내가 이곳에 열여덟 번이나 왔을까. 그러는 넌? 가장 친한 친구라며."

"그러게 말이에요. 그런 줄 알았죠. 그땐."

내가 무슨 말을 하는지 곽현주는 알고 있는 것처럼 묘한 미소를 지었다. 그날 여인숙에서 나와 친하지 않다고 대답한 영화의 말에 관해. 그 말을 듣고 충격받은 내 표정 같은 것들을 다 기억하는 것 같았다. 그래서인지 내게 이런 말을 전해주었다.

"영화는 친구가 너밖에 없다고 말했어. 친하고 말고 할 것 없이 그냥 유일한 친구라고."

너무 아픈 말이었다.

"나쁜 년……"

"아니지. 대단한 년이지. 우릴 이렇게 불러 모으잖아. 감히."

그녀의 말에 옆에서 큰 소리로 웃던 소라가 끼어들었다.

"언니! 그때 언니들을 우리가 쌍년이라고 불렀던 건 알 아요?"

이럴 때 보면 세월은 참 힘이 세다. 겁쟁이 이소라가 곽 현주한테 저런 말을 하다니.

"알지. 넌 지질이었고."

곽현주의 대답에 소라의 표정이 일그러졌다. 세월은 힘 이 세지만 어떻게 살아왔느냐에 따라 서로의 힘은 달라진 다. 부모 돈으로 대학에 다니다가 중퇴하고 부모 돈으로 네일 숍을 차린 이소라. 우리 사이에서는 나름 금수저였던 아이. 소라는, 아니 우리는 곽현주가 살아온 삶의 내공을 이길 수 없어 보였다. 의기소침해진 소라의 등을 쓰다듬어 주는 것 또한 곽현주의 내공이었다. 소라의 등을 토닥이는 손가락에는 love라는 알파벳이 마디마다 새겨져 있었다. 바닷바람이 러브를 스쳐 갔다.

"선배는 은퇴 생각 안 해봤어요?"

"왜? 벌써 은퇴하게?"

"아니요. 이제 곧 마흔이 되니까 고민되긴 하네요."

곽현주는 미국에서 만난 늙은 타투이스트에 관해 말해주었다.

처음 만났을 당시 그는 칠순이 넘은 나이. 홈리스 젊은이나 가난한 노인들을 위주로 타투 재능 기부를 하면서 여생을 보내는 중이었던 남자. 그는 한때 잘나가던 타투이스트였다고 한다. 은퇴 후 유유자적하던 남자는 교통사고로 하반신 마비가 되었다. 아내가 재산을 몽땅 들고 사라진 후 남자는 삶의 의미를 찾기 위해 다시 바늘을 들었다. 그의 사연이 방송을 탔다. 그에게 타투를 받겠다는 사람들이 전 세계에서 찾아오기 시작했다. 남자가 제2의 전성기를 맞이할 수 있었던 건 그의 실력을 알아보고 세상에 알린 곽현주 덕분이었다.

남자의 사연을 다 들은 후 생각했다. 곽현주는 이 얘기를 왜 하는 것일까. 은퇴 후 재능 기부나 하고 살라는 뜻일까. 그건 지금도 하고 있는데. 칠십 대에도 머신을 잡고 싶지는 않은데. 그건 좀 위험한데.

"아무것도 미리 계획하지 말라는 거야. 너는 네가 모리가 될 줄 알았니?"

"그 뜻이군요. 그렇지만 불안한걸요."

"지금 당장 하고 싶은 일이 있다면 모를까, 뭐가 문제
니? 모리로 살 수 있는 날까지 살다 보면 뭔가 보이겠지.
언제나 끝에 서야 보이는 게 있잖아."

"선배는요? 뭐가 보여요?"

"나는 이미 미국에서 장애인들을 대상으로 작업하고 있
어. 나라에서 보조금을 주고."

삶의 끝에 몇 번이나 서 봤기에 곽현주는 매번 원하는
선택을 하면서 살까. 나는 여전히 겁쟁이인 것 같다. 삶의
끝에 서 본 적이 있던가. 내가 한 선택들은 모두 즉흥적이
었다. 커터칼을 선택했던 열네 살에도, 간호사를 선택했던
열아홉에도, 타투이스트가 되려 했던 스물아홉에도. 삶의
끝에 서지 않아도 늘 선택해야 하는 게 인생이지만 곽현주
말대로 한 번쯤 끝까지 가볼 필요는 느꼈다. 그 끝에서 보
이는 것들이 궁금해졌다. 김민정은 못했지만 모리는 달랐
으면 했다. 모리의 타투 인생은 어디까지 갈까.

우리는 다시 바다를 응시했다. 너무 넓다. 넓어서 슬프

다. 영화는 어디쯤 있을까. 여기 어디에 있기는 할까. 학교 옥상에서 영혼이 날아가 버린 영화는 저 비둘기들처럼 날고 있을까. 아빠가 한 말이 떠올랐다. 마사오의 영혼이 타투 속에 있는 것 같다던. 어쩌면 영화도 내 타투 속에서 숨 쉬고 있을지도 모른다. 그렇게 믿어도 될까?

영화야!

배영화!

아무리 불러 봐도 영화에게 들릴 것 같지 않았다. 내 목소리가 원하는 곳에 닿기에는 너무 많은 소음이 있었다. 파도 소리, 엔진 소리, 갈매기와 사람들, 기억의 삐걱댐까지.

이십 년 전 그날을 떠올려도 이제는 울지 않는 상태가 되었다. 죄책감이나 그리움이 사라졌기 때문이 아니라 타투처럼 한 몸이 되었기 때문이다. 부끄러운 과거나 버리지 못한 결함, 스스로 옭아맸던 자책 같은 것들을 자신과 떨어뜨려 놓고 바라볼 때는 괴로운 것이 된다. 회피하기도 하면서 살지만 그럴수록 마음이 파괴된다. 살아보니 나쁜 기억과 한 몸이 되는 순간이 온다. 충분한 회개? 반성? 글쎄. 일종의 노화 현상일지도 모르지. 어쨌든 따로 대면할 필요가 없어지는 순간이 온다. 그 기억이 곧 나고, 내가 그 기억이니까. 한때 나빴던 자신을 잊기 위해 떼어내려는 노력을 하지 않는 것도 일종의 용기였다. 그게 삶의 끝으로 가는 힘이 아닐까 생각했다.

내가 너의 슬픔이니?

대답하지 못했던 영화의 질문에 답을 남기고 싶었다. 이제는 영화가 날 찾아오지 않으니까. 영혼이 회복에 이른 듯 두 번 다시 묻지 않는 너의 마지막 질문.

내가 너의 슬픔이니?

영화야. 너는 내 몸에 새긴 기억이야. 내가 할머니가 되어도 너는 나를 알아볼거야.

나는 종이에 담아온 재를 바다에 뿌렸다. 이십 년만에 주인을 찾은 그림들은 윤슬 위에 고조곤히 내려앉았다. 가장 자연스럽고 완벽한, 물에 새긴 타투 같았다.

작가의
말

작가의 말

나는 보수적인 사람이었다. '신체발부수지부모'라는 말에 고개를 끄덕이던 사람. 그런 나를 바꾸고 싶었던 계기는 소설가가 되고 난 직후였다. 어떤 정의에도 어떤 사상에도 갇히고 싶지 않았다. 비록 소설에 불과하더라도 세상에 부려진 선입견에 목소리를 높이기 위해서는 내 안의 선입견부터 부숴야 했다. 그래야 제대로 된 소설가가 될 것 같았다. 나를 깨는 첫 번째 도전이 타투였다.

내가 만난 타투이스트는 모두 다정했다. 타투를 처음 받았을 때, 너무 많이 울어서 타투이스트를 당황하게 만들었다. 그는 왜 우는지 묻지 않았다. 움직이지 말라고 채근하지도 않았다. 내가 울음을 그칠 때까지 가만히 기다려 주었다. 이 소설은 거기서 시작되었다. 처음 만난 타투이스트의 다정함에서.

소설을 구상하면서 이렇게까지 발로 뛴 적은 처음이었다. 이 소설을 쓰면서 사주 명리를 배우러 다녔다. 오랜만에 다시 타투를 받기도 했다. 감을 살리기 위해서였다. 여섯 시간 동안 타투를 받으면서 주인공 모리만 생각했다. 그렇게 감은 살렸지만 전문가의 디테일이 필요했다. 인터뷰에 흔쾌히 응해주신 타투이스트 해빗 님은 특별히 더 다정했다. 예상보다 길어진 인터뷰가 늦은 시간까지 이어졌지만 그는 내내 진지했다. 덕분에 책 한 권이, 타투이스트 모리가 세상에 나왔으니 큰 빚을 졌다.

주인공인 모리의 과거를 자해와 상실의 늪에 가둔 설정은 커버업의 효과를 극대화하기 위해서였다. 흉터에는 아픈 기억이 상주하고 상처는 기억할수록 무럭무럭 자란다. 마음은 시각에 흔들린다. 실제로 나는 흉터 부위에만 타투를 받았다. 타투를 입히고 나니 점점 흉터가 기억나지 않앓다. 가리기에 급급했던 습관들이 사라졌다. 그건 생각보다 큰 변화를 가져왔다. 바닥 났던 자존감이 리필되기 시작한 것이다. 조금씩 회복되는 느낌이 들었다. 이 소설은 회복에 관한 이야기다. 당신의 흉터가 좋은 기억으로 커버업 되기를, 마침내 회복하기를 빈다.

'신체발부수지부모'라는 말에 고개를 끄덕이던 사람이 타투를 받고 타투에 관한 소설을 써서 세상에 내 놓은 것처럼, 변화와 도전은 삶을 풍부하게 만든다고 믿는다. 이제 우리나라에서도 타투가 문화로 인정 받고 타투이스트라는 직업이 예술가로 존중 받기를 바라는 마음이 깊다. 어떤 직업이든 다시 선택할 수 있다면, 나는 타투이스트가 되고 싶다.

모두의 회복을 바라며
2025년, 이은정

도움 받은 자료

■ 문헌

『문신의 역사』 조현설 (살림출판사, 2003)
『타투이스트 되는 법』 해빗 (북랩, 2020)
『문신, 금지된 패션의 역사』 스티브 길버트 (르네상스, 2004)
『문신유희: 지금, 한국의 타투 문화』 (프로파간다, 2013)
『타투이스트』 오용태 (도서출판 한수, 2018)
『도망가는 거울』 조반니 파피니 (바다출판사, 2012)
『사주명리학』 홍연표 (미래문화사, 2022)
『사주명리 인문학』 김동완 (행성B, 2019)

■ 기사

노컷뉴스 기사〉 내 직업은 왜 '불법'인가⋯ 타투 합법화 논쟁
https://www.nocutnews.co.kr/news/5576472
조선비즈 기사〉 해외에서 인정받는 'K-타투'⋯ 정작 한국에선 불법 신세
https://biz.chosun.com/topics/topics_social/2022/10/26/
HTAIEEOBR5G4JNNAAUP2PE5K6A/?utm_source=naver&utm_
medium=original&utm_campaign=biz
이데일리 기사〉 "타투 '불법' 신고 손님 늘어 범법자 양산"⋯ 합법화 언제쯤
https://www.edaily.co.kr/news/read?newsId=02322246632330888&med
iaCodeNo=257&OutLnkChk=Y

■ 대면 인터뷰

타투이스트, 해빗

도서출판 득수 장편소설

기억을 새겨 드립니다

1판 1쇄 2025년 5월 22일

지은이   **이은정**
펴낸이   **김 강**
편집   **김다현**
디자인   **토탈인쇄** 054.246.3056
인쇄·제책   **아이앤피**
펴낸 곳   **도서출판 득수**
출판등록   2022년 4월 8일 제2022-000005호
주소   경북 포항시 북구 장량로 174번길 6-15 1층
전자우편   2022dsbook@naver.com
ISBN   979-11-990236-6-6

값 17,000 원